本书获上海市教委、教育基金会"曙光计划"项目资助，获上海高峰高原学科建设计划专项基金资助。

　　本书为 2016 年度国家社科基金艺术学重大项目"戏曲剧本创作现状、问题及对策研究"（16ZD03）的阶段性成果。

戏曲名剧名段
编剧技巧评析

刘艳卉　著

上海人民出版社

目 录

京剧《击鼓骂曹》第四场

　　　　　〔四朝官上。

朝官甲　（念）日观三千策，

朝官乙　（念）夜读七篇诗。

朝官丙　（念）要知今古事，

朝官丁　（念）还读五车书。

朝官甲　（白）请了。

众　人　（同白）请了。

朝官甲　（白）丞相有帖相邀，不知为了何事？我等一同去到相府。

众　人　（同白）请。正是：

　　　　　（同念）五凤楼前朝金阙，相府门前拜元戎。

　　　　　（同白）门上哪位在？

　　　　　〔张辽上。

张　辽　（白）吓，列位大人。

众　人　（同白）张将军，烦劳通禀丞相，就说我等要见。

张　辽　（白）少站一时。

　　　　　有请丞相。

　　　　　〔曹操自下场门上。

曹　操　（白）何事？

张　辽　（白）众位大人要见。

曹　操　（白）有请。

张　辽　（白）有请。

　　　　　［吹打。众人同进。

众　人　（同白）丞相在上，我等大礼参拜。

曹　操　（白）老夫也有一拜。

众　人　（同白）丞相宣诏我等，有何见？

曹　操　（白）今日老夫大宴群臣，请列位到此畅饮几杯。

众　人　（同白）到此就要叨扰。

曹　操　（白）待老夫把盏。

众　人　（同白）摆下就是。

　　　　　［吹打。二旗牌自两边分上，摆宴。

曹　操　（白）请。

　　　　　［排子。

曹　操　（白）列位大人，老夫帐下，新收一名鼓吏，命他在底下擂
　　　　　鼓，你我畅饮三杯。

众　人　（同白）既有此事，我等瞻仰。

曹　操　（白）来。

旗　牌　（白）有。

曹　操　（白）传鼓吏进帐。

旗　牌　（白）传鼓吏进帐。

祢　衡　（内白）来也！

　　　　　（内西皮导板）

　　　　　谗臣当道谋汉朝，

　　　　　［祢衡上。

祢　衡　（西皮慢板）

　　　　　楚汉相争动枪刀。

项羽无谋落圈套，

九里山前韩信高。

数尽失志乌江道，

盖世英雄无下稍。

高祖咸阳登大宝，

一统山河乐唐尧。

四百年来国运消，

献帝皇爷坐九朝。

后来出了奸曹操，

上欺天子下压群僚。

有心替主把贼扫，

手中缺少杀人刀。

曹　操　（白）请。

众　人　（同白）请。

　　　　　〔旗牌斟酒。

祢　衡　（西皮快板）

下席坐定奸曹操，

上坐文武众群僚。

狗奸贼传令如山倒，

舍死忘生在今朝。

元旦节与贼个不祥兆，

假装疯迷耍耍奸曹操。

我把青衣来脱掉，

曹　操　（白）请。

众　人　（同白）请。

　　　　　〔旗牌斟酒。

祢　衡　（西皮快板）

　　　　破鞋褴衫摆摆摇。

　　　　怒气不息往上跑，

二旗牌　（同白）呔！你这鼓吏，丞相大宴群臣，这样破衣褴衫，成

　　　　何体统？

祢　衡　（西皮快板）

　　　　帐下儿郎闹吵吵。

二旗牌　（同白）倒说我等吵闹，好笑吓，哈哈哈……

祢　衡　（西皮快板）

　　　　列位不必哈哈笑，

　　　　有一辈古人听根苗：

二旗牌　（同白）你且讲来。

祢　衡　（西皮快板）

　　　　昔日太公曾垂钓，

　　　　张良拾履在荒郊。

　　　　为人受得苦中苦，

　　　　脱却褴衫换紫袍。

二旗牌　（同白）你焉能比得前朝的古人？

祢　衡　（西皮快板）

　　　　你二人把话讲错了，

　　　　休把猛虎当狸猫。

　　　　有朝一日时运到，

　　　　拔剑要斩海底蛟！

二旗牌　（同白）青天白日，你在此做梦！

祢　衡　（白）呀呸！

　　　　（西皮快板）

休道我白日梦颠倒，

登时就要上青霄。

我把破衣齐脱掉，

曹　操　（白）请。

众　人　（同白）请。

　　　　　〔旗牌斟酒。祢衡脱衣。

祢　衡　（西皮快板）

赤身露体往上跑，

二旗牌　（同白）呔！丞相大宴群臣，你倒赤身露体，丞相降罪，何

　　　　　人承当？

祢　衡　（西皮快板）

你丞相降罪我承招。

抽身来在东廊道，

看这奸贼把我怎开销？

二旗牌　（同白）鼓吏到。

曹　操　（白）命他擂鼓三通。

二旗牌　（同白）丞相命你擂鼓三通。

　　　　　〔祢衡打鼓。

众　人　（同白）列位大人，听这鼓吏擂鼓，好似金声玉振，我等畅

　　　　　饮几杯，庆贺丞相，请吓！

曹　操　（白）请吓！

　　　　　（西皮原板）

擂鼓三通响如雷，

文武百官饮三杯。

张辽一旁牙咬碎，

孔融带愧转回归。

站立廊下观鼓吏，

［祢衡打鼓。

曹　操　（西皮快板）

赤身露体廊下立。

老夫暂忍心头气，

再与祢衡说端的。

（白）祢衡。

祢　衡　（白）曹操。

曹　操　（白）你为何叫老夫曹操？

祢　衡　（白）你叫得我祢衡，我就叫得你曹操！

曹　操　（白）这也不计较于你。今日老夫大宴群臣，你赤身露体，
　　　　　成何体统？

祢　衡　（白）我露父母清白之体，显得我是清洁的君子，不必你是
　　　　　混浊的小人！

曹　操　（白）老夫身居相位，何言混浊？

祢　衡　（白）你且听道：你虽居相位，不识贤愚，贼的眼浊也；不
　　　　　纳忠言，贼的耳浊也；不读诗书，贼的口浊也；常怀篡逆，
　　　　　贼的心浊也！我乃是天下名士，你将我屈为鼓吏，羞辱与
　　　　　我，犹如阳货害仲尼，臧仓毁孟子。轻慢贤士，曹操吓，
　　　　　曹操！你真匹夫之辈也！

　　　　　（西皮快板）

　　　　　昔日文王访吕望，

　　　　　亲临渭水求栋梁。

　　　　　臣坐君乘执辔往，

　　　　　为国求贤礼所当。

　　　　　你只望在朝中为首相，

全然不知臭和香。

曹　操　（西皮快板）

老夫兴兵谁敢挡，

赫赫威名天下扬。

论机谋赛过姜吕望，

岂容无知小儿郎。

祢　衡　（西皮摇板）

曹操把话错来讲，

无水怎把蛟龙藏？

马槽怎养狮和象，

犬穴焉能住凤凰？

鼓打一通天地响，

鼓打二通振朝纲。

鼓打三通扫奸党，

鼓打四通国泰康。

鼓发一阵连声响，

［祢衡打鼓。

祢　衡　（西皮摇板）

管教你奸贼死无下场。

曹　操　（白）哦。

众　人　（同西皮摇板）

众人停杯望下廊，

丞相为何怒一旁？

曹　操　（白）我与鼓吏交谈几句，故而闷坐在此。

众　人　（同白）丞相息怒，我等上前问来。

曹　操　（白）有劳列位大人！

众　人　（同白）你这鼓吏，家住哪里，姓甚名谁，一一讲的来。

祢　衡　（白）列位，

　　　　（西皮二六板）

　　　　未曾开言心头恨，

　　　　尊声列位听分明：

众　人　（同白）家住哪里？

祢　衡　（西皮二六板）

　　　　家住山西平原郡，

众　人　（同白）姓甚名谁？

祢　衡　（西皮二六板）

　　　　姓祢名衡字正平。

众　人　（同白）呀，祢先生！

祢　衡　（西皮二六板）

　　　　腹中颇有安邦论，

　　　　曾与孔融当过幕宾。

　　　　他将我荐与曹奸佞，

　　　　肉眼不识俺的宝和珍。

　　　　我宁做忠良门下客，

　　　　岂作他奸贼的帐下人！

众　人　（同白）你真是舌辩之徒！

祢　衡　（西皮快板）

　　　　你道我正平是舌辩之徒，

　　　　舌辩之徒有张苏。

　　　　苏秦六国为首相，

　　　　全凭舌尖压四座。

　　　　有朝一日展昆仑手，

要把奸贼一笔勾!

曹　操　（白）把你比作井底之蛙，能起多风多浪?

祢　衡　（白）呀呸!

　　　　（西皮快板）

　　　　贼把我比作井底蛙，

　　　　井底之蛙也不差。

　　　　有朝一日云雾下，

　　　　要把你奸贼一把抓!

曹　操　（白）列位大人，他道老夫奸，我奸在何处?

众　人　（同白）是吓，丞相奸在何处?

祢　衡　（白）列位!

　　　　［张辽上。

祢　衡　（西皮摇板）

　　　　狗奸贼出巧言故意问道，

　　　　尊一声众公卿细听根苗。

　　　　自幼儿入学廉官卑职小，

　　　　他本是夏侯子过继姓曹。

　　　　到如今作高官忘了宗考，

　　　　（白）贼吓贼吓，

曹　操　（白）哽。

祢　衡　（西皮摇板）

　　　　全不怕臭名儿万古留标。

张　辽　（西皮快板）

　　　　听他言来心头恼，

　　　　辱骂丞相为哪条?

　　　　三尺青锋出了鞘，

众　人　（同西皮摇板）

　　　　张将军息怒慢开刀。

曹　操　（白）张将军，休要污秽老夫的宝剑。

祢　衡　（白）狗仗人势，谅你也不敢！

曹　操　（白）祢衡，老夫有书信一封，命你去往荆州，顺说刘表来
　　　　降。倘若刘表来降，保你官职在朝。

祢　衡　（白）呀呀呸！

　　　　（西皮摇板）

　　　　要往荆州怎能够，

　　　　岂肯与你作马牛？

众　人　（同西皮摇板）

　　　　丞相息怒且听候，

　　　　顺说祢衡往荆州。

曹　操　（白）有劳列位大人。

众　人　（同白）吓，祢先生，丞相有书信一封，命你去往荆州，顺
　　　　说刘表来降。你若不去，恼了丞相，将你斩首，你家中还
　　　　有妻儿老小，所靠何人？必须要再思再想吓！

祢　衡　（白）哦……

　　　　（西皮二六板）

　　　　列位宫卿齐来劝我，

　　　　酒醒方知梦南柯。

　　　　自古道责人先责己过，

　　　　手摸胸膛自己揣摩。

　　　　罢罢罢，暂忍我的心头火，

　　　　［祢衡穿衣。

众　人　（同白）丞相，祢衡愿往荆州去了。

曹　操　（白）吓，祢衡愿往荆州去了，列位大人。

众　人　（同白）丞相。

曹　操　（白）祢衡说老夫是奸臣，奸在何处？

众　人　（同白）丞相是大大的忠臣。

曹　操　（笑）哈哈哈，老夫是大大的忠臣。

　　　　　〔众人同笑。

祢　衡　（西皮快板）

　　　　　事到头来没奈何。

　　　　　走上前来忙告错，

　　　　　尊声丞相听我说：

　　　　　你把书信交与我，

　　　　　顺说刘表作定夺。

曹　操　（西皮快板）

　　　　　千错万错先生错，

　　　　　话不投机半句多。

　　　　　倘若刘表归顺我，

　　　　　保你官职在朝阁。

祢　衡　（西皮摇板）

　　　　　丞相息怒且请坐，

　　　　　披星戴月奔江河。

　　　　　顺说刘表若不妥，

众　人　（同白）早去早回。

祢　衡　（西皮摇板）

　　　　　愿死他乡作鬼魔。

　　　　　〔祢衡下。

众　人　（同白）吾等告退。

曹　操　（白）老夫少送。

　　　　〔同下。

评析

　　《击鼓骂曹》是京剧传统剧目。

　　京剧《击鼓骂曹》的"第四场"可分为三个部分。第一部分是众官来到，第二部分是祢衡击鼓，第三部分是众官劝衡。从主要情节"祢衡击鼓"来看，又分为三个阶段：第一阶段是祢衡裸衣击鼓；第二阶段是祢衡骂曹，二人辩理；第三阶段是曹操命祢衡去刘表处下书，陷害祢衡。在第四场中，二人冲突分为四个回合：第一个回合中，主要是祢衡的内心冲突，起意在元旦佳节"与贼个不祥兆"；第二个回合中祢衡裸衣击鼓，让"张辽一旁牙咬碎，孔融带愧转回归"，曹操愤而与他辩理，却被他针锋相对骂了回去；第三个回合中曹操胁迫众官替自己洗白，又被揭下画皮；最后一个回合中曹操使出借刀杀人之计，命祢衡去刘表处下书。

　　从人物行动上来分析，祢衡的主要行动是"击鼓"和"骂曹"，而曹操反行动是"羞辱"、"派去下书"。这两对行动中，"击鼓"主要是祢衡的表演，曹操只有"下座观瞧"的举动，相形之下，"骂曹"篇幅和冲突更集中一些。

　　我们来看祢衡的"骂曹"。"一骂"骂曹操轻慢贤士，曹操还嘴说你不是贤士。就行动而言，双方止于辩理，没有更进一步的行动。众官相劝，祢衡的行动也未上升——他没有从骂曹操到骂众人，仍然对准曹操。所以这是"二骂"，骂曹操"肉眼不识俺的宝和珍"，不做"奸贼的帐下人"，众人说他是"舌辩之徒"，曹操说他是"井底之蛙"，祢衡一再说自己终究有日要发达。双方的行动仍然没有上升，继续停留在口角上。"三骂"是曹操自找的，问自己"奸"在何处，祢衡也未能道出曹操"奸"的本质，仅仅是揭其出身不好，惹怒了张辽。直到此时，曹操才命其下书，算是行动上升了。祢衡经过众人劝说，也就顺坡下驴地答应了。

在这一段"骂曹"中，祢衡并未切中曹操的要害，联系前一场中他受孔融举荐前来见曹而不受礼遇的情节，与其说他不满曹操的欺压天子和群僚，不如说他更多是为自己怀才不遇、曹操没有将自己奉为上宾而是视作俳优而不满，其行动的正义性已经大打折扣。当然，此种"贫士失职而不平"的愤慨，也是此戏传唱千古、引起文人共鸣的重要主题和内容，只是祢衡攻击曹操的出身时"狗奸贼"、"过继"子、"官卑职小"的用语，并没有能够现出祢衡过人才华与气量，曹操之不加重用，也并非完全不通情理。

为了更清楚地认识人物，我们不妨回过头来看《三国演义》中的原著相应片段：

来日，操于省厅上大宴宾客，令鼓吏挝鼓。旧吏云："挝鼓必换新衣。"衡穿旧衣而入。遂击鼓为《渔阳三挝》。音节殊妙，渊渊有金石声。坐客听之，莫不慷慨流涕。左右喝曰："何不更衣！"衡当面脱下旧破衣服，裸体而立，浑身尽露。坐客皆掩面。衡乃徐徐着裤，颜色不变。操叱曰："庙堂之上，何太无礼？"衡曰："欺君罔上乃谓无礼。吾露父母之形，以显清白之体耳！"操曰："汝为清白，谁为污浊？"衡曰："汝不识贤愚，是眼浊也；不读诗书，是口浊也；不纳忠言，是耳浊也；不通古今，是身浊也；不容诸侯，是腹浊也；常怀篡逆，是心浊也！吾乃天下名士，用为鼓吏，是犹阳货轻仲尼，臧仓毁孟子耳！欲成王霸之业，而如此轻人耶？"

时孔融在坐，恐操杀衡，乃从容进曰："祢衡罪同胥靡，不足发明王之梦。"操指衡而言曰:"令汝往荆州为使。如刘表来降,便用汝作公卿。"衡不肯往。操教备马三匹,令二人扶挟而行;却教手下文武,整酒于东门外送之。荀彧曰:"如祢衡来,不可起身。"衡至,下马入见,众皆端坐。衡放声大哭。荀彧问曰:"何为而哭?"衡曰:"行于死柩之中,如何不哭?"众皆曰:"吾等是死尸,汝乃无头狂鬼耳!"衡曰:"吾乃汉朝之臣,不作曹瞒之党,安得无头?"众欲杀之。荀彧急止之曰:"量鼠雀之辈,何足汗刀!"衡曰:"吾乃鼠雀,尚有人性;汝等只可谓之蜾虫!"众恨而散。

小说里的情节冲突整理如下:

祢衡着旧衣击鼓,坐客慷慨流涕,看起来世界很美好、前途很光明,定得曹操欣赏。岂知左右不给击鼓人倒茶,反倒斥其"何不更衣"——注意此处"左右"与"坐客"区别,此左右是奉主人脸色行事的鹰犬——曹操此时脸色可想而知。此乃第一回合。

第二回合中,冲突继续上升。也许曹操只是假左右之手,斥退祢衡便罢,不给对方彩头,谁知祢衡一听"何不更衣",就阳奉阴违地"当众更衣",先脱后穿。此举骇人听闻,作为宴席主人、当日官职最高者、有维持秩序责任的曹操再也不能装聋作哑,斥其"无礼",谁知祢衡针锋相对说"欺君罔上"才是无礼,自己不过是显清白之体。句句正中曹贼心事,曹操心病难忍,再次上当,直问"谁为污浊"——正中祢衡下怀,想必曹操说完已极后悔,然而"一言既出,驷马难追",只能听任祢衡骂了。

第三个回合表面上看主要冲突发生在祢衡与众官之间——众官羞辱祢衡,却反遭羞辱——实质还是曹操与祢衡的冲突。曹操于是借刀杀人,欲遣祢衡下书,防其不去,命人挟持,又命众官送行,其内心无非是想"以其人之道还治其人之身",给众官充分准备的机会，借送行羞辱对方而已。所以，众官此辱是自取其辱。首先，他们奉曹操旨意行事来相送，宴无好宴；其次，缺少谋略，没有耐心，见到对方大哭就好奇发问，结果入其彀中，被祢衡讥为"死尸"——对方端坐不动，是以祢衡用此形容倒也贴切——众人一听此言，再次犯了曹操先前的急躁之病，马上回嘴说对方是"无头狂鬼"，骂其丧心病狂。祢衡直斥对方是"曹瞒之党"，处处扣紧曹操"挟天子以令诸侯"的事实，以至于众人包括手不能提的文士和惯会使粗的武士都要"杀之"。

我们来对小说中的人物行动进行梳理。祢衡骂曹操、骂众官的言语中，没有一句是为自己怀才不遇而抱不平，尽皆是对曹操图谋不轨而众臣阿附无德的斥责。再看祢衡采取一系列行动，"击鼓"、"脱衣"、"骂曹"等，不是主动挑衅，而是对曹操"何不更衣"、"令汝往荆州为使"、"文武相送折辱"的以牙还牙。他事先没有预谋、没有规划，完全是临场发挥，恰恰体现了此人的机智与胆识。人物的行动围绕冲突进行，环环相扣、针锋相对，从而由行动完成人物的刻画，除了写祢衡之才、曹操之奸，还写了其余文士的见风使舵、内心阴暗。写祢衡与曹操之争，又不限于两人之争，把中国文人的德行、弱点，造成奸臣当道、众人噤声的文化劣根也揭示出一二分，所以显得又有深度，又丰富多变。

相比之下，京剧中的处理就不能令人满意了。如祢衡对曹操的争辩岂止不能针锋相对，简直不能自圆其说，所述无非是自己之"屈"，才华盖世却不受重用。试问，若是曹操礼贤下士，那么祢衡就不指责曹操、就肯与之充任爪牙了吗？是以曹操后面自比姜尚，看不上祢衡时，祢衡虽然一再说"无水怎把蛟龙藏？马槽怎养狮和象，犬穴焉能住凤凰"，但是，他的智慧未能从他的行动中显现出来。"骂曹"的目的是实现了，但也只是"骂"——在他的"骂"中，也处处透露出把能不能发达当成人生最高理想、作为判断对方是贤是愚、是忠是奸的唯一标准，与小说中的祢衡形象相比，只能说此处的祢衡仅仅体现了封建社会不发达的穷酸文人的趣味。

在小说中，祢衡则显得机智不羁、智慧非常，未以"凤凰"、"狮象"之词自饰而观众心已首肯。祢衡并没有"脱衣"击鼓，是被骂"何不更衣"时正话反听借机裸形，以羞辱正人君子，令"坐客皆掩面"，后来"徐徐着衣"；并非赤身与众人辩理。而戏曲中祢衡徒然自夸，但发挥作用的行动只有"擂鼓"，颇具震撼力的"脱衣"，因为与"擂鼓"连在一起，而光芒尽掩、自动被忽略，不及小说中先"擂鼓"、鼓声激动众人后被呵斥"何不更衣"后"脱衣"的处理。在当时礼法下，"脱衣"一举比"击鼓"更惊世骇俗，但戏曲中却没有写到这一点。虽然擅长"写意"的戏曲舞台并没有让演员真正脱衣，如果跟剧情较真，那么祢衡全场大多数时候是"裸身"与曹操和众官对话，就更荒唐无稽了。设计人物裸衣击鼓的情节既不雅观也于塑造人物无益，只是突出了人物的"狂妄"，而没有体现人物的"气度"，场面调度上还得安排两次人物的"更衣"。

在京剧中，"众官"与祢衡之间也未能形成真正的冲突，他们与祢衡的问答，只是让祢衡重新自述了一番身世和指责曹操不分贤愚罢了。他们只是功能性的角色，引出祢衡的"骂"来，其本质是和观众一样旁观者的立场，是一群符号化的存在——尽管剧中也提出"孔融带愧转回归"，但剧本并未表明上场人物中有孔融。戏曲中的"众官"形象与小说中暗禀曹操旨意、设宴羞辱祢衡的"众官"相比，显然在形象化上有天壤之别。

通过以上分析，可以看出，改编而来的京剧未能很好地把握原小说塑造人物的精髓，可谓"画虎类犬"。对于这样的作品，我们在表示遗憾时，也应该结合原小说著作对其进行修改和提高。中国戏曲"时空自由"的特点，也使得戏曲在搬演小说故事时得心应手，几无叙事上的障碍。然而，这并不代表可以把小说中的情节不假思考地搬演到场上。

与粗劣的冲突、行动相比，作为场上演出之作，京剧《击鼓骂曹》第四场在时空流动上，倒是可以给我们许多启发。

小说中的故事发生在多个地点，且持续时间较长，而戏曲中则对地点和时间进行了整合。本场一开场，是众官行进的路上，一个圆场后来到曹操门前。张辽报告、曹操命鼓乐相迎后，直接到了曹操府的宴客大厅上。这里体现的是一种时空转换，显得迅疾又流畅。等开宴、祢衡上台后，台上无形分为两个空间，一空间是曹操宴客堂上，一则为祢衡所在的击鼓场所。祢衡脱衣、击鼓之时，曹操正在堂上饮宴，是以对堂下事毫不知晓。后来则过渡到同一时空并发生争执。这里又是时空的分割，将舞台时空分割成多个叙事时空，分别交待叙事。

传统戏曲中，主要人物的上下场常伴随着上、下场诗等程式化的叙事，因此，要尽量减少主要人物的上下场。本场中曹操出场后就未曾再下去，即可见一斑。但这样面临一个问题，戏剧中有些情节是假设对方不在场时演出的，有些情节则相反。所以，如果能在叙事中通过相关情节暗示出以上不同情况，叙事效果当更佳。遗憾的是，在本戏中，显然祢衡是主角和观众观赏的中心，曹操与众官只是陪衬的作为情节过渡——他们只是在祢衡下场换衣时才稍稍举杯，简略地象征另一空间的饮宴场面。其实，曹操和众官的行动、场上的作为，可以与祢衡脱衣、击鼓的行动之间获得更多呼应和彼此激发。试想，如果在祢衡击鼓时，让台后部的众官有相应的肢体语言（如果唱词会打破原有的叙事结构）——初始时惊奇，因为名士竟然来击鼓；鼓声悦耳，频频点头、交相赞赏；再听下去鼓声激昂，有人流涕感发；有人惭愧无地；有人惊惧害怕——那么场上将不会是祢衡与众官各自为政的局面，会获得更完整的叙事效果。

京剧《春闺梦》(第三、四、五场)

第三场

〔曹襄、李氏、曹子同上,四父老、四侍者端酒盘同上。

四父老 (同白)呵,曹相公,我们乡中父老,特备薄酒,去到十里长亭,与您同王恢、赵克奴、李信,还有诸位同乡,饯行送别,略表我乡人敬爱之意。

曹　襄 多谢诸位高邻如此厚谊。

曹　子 爸爸,您往哪里去?孩儿同您一块去。

曹　襄 我么——儿呀!你同你母亲回家去吧,不必送了!

李　氏 官人此去归期未卜,抛下我母子二人,你看孩儿年纪幼小,以后怎生度日!(哭。)

曹　子 爸爸,您到底往哪里去?

〔曹襄沉吟揩泪不语。

四父老 看天色不早,我们快快前往。

曹　襄

曹　子 (同白)请。

李　氏

〔众人同下。

第四场

[刘氏、赵克奴同上。

刘　氏　（西皮散板）

听貔歌不由得魂飞心悸，

（西皮流水板）

在途中一阵阵老泪沾衣；

从此后供菽水谁来料理？

况且我年衰迈寸步难移！

赵克奴　（西皮流水板）

恨无端起战祸生临燕地，

别老母在家中好不伤悲！

眼睁睁只好是忍心抛弃，

到今朝真个是死别生离。

刘　氏　儿啊！

（西皮流水板）

最可叹你的父早年下世，

留下了小姣儿正在孩提。

那时节家贫穷少柴缺米，

吃千辛和万苦把你扶携。

实指望你成人勉供菽水，

料不到老年人无靠无依！

我已是年八旬余生无几，

怕的是你生还我早西归。

赵克奴　母亲哪！

（西皮流水板）

这都是儿不肖素无材艺，

不能够奉娘亲远走高飞；

到如今被征募远离乡里，

累老母坐高堂受苦熬饥。

没奈何临远道伤心无比，

　　〔赵克奴走圆场。

刘　氏　（西皮散板）顾不得年衰迈从后相随。

　　　　　〔刘氏走圆场。

刘　氏　（西皮散板）听那边又一阵哭声远起，

　　　　　〔刘氏、赵克奴同下。李信、孙氏同上。

李　信
　　　　（同西皮散板）还有我一对儿恩爱夫妻。
孙　氏

　　　　　〔李信、孙氏相抱同哭。

李　信　好一个恩爱夫妻！我想战场之上凶多吉少，我此去十有
　　　　八九回不来啦，撇下娘子正在青春年少，倘若是守寡，我
　　　　真是做了鬼也不放心的。

孙　氏　你别胡说八道啦！哪有刚出门就这么死呀、活呀的！

李　信　咳！

　　　　（西皮散板）我心中就只是舍不得你，

孙　氏　（西皮散板）奴只好怨命苦嫁鸡随鸡！

　　　　　〔孙氏哭。

李　信　娘子来呀！

　　　　　〔李信下。

孙　氏　来了。

　　　　　〔孙氏哭下。

第五场

张　氏　（内西皮倒板）送征人眼见得身行万里，

　　　　　[张氏、王恢同上，丫鬟端酒盘随上。

张　氏　（西皮原板）正新婚不多日便要分离；

王　恢　（西皮原板）恨无端开战衅点行相逼，

张　氏　（西皮原板）料不想为新妇先做征衣！

王　恢　（西皮原板）似鸳鸯被浪打分开比翼，

张　氏　（西皮原板）一霎时真个是沟水东西。

王　恢　啊，娘子！你我二人正在新婚，忽被征募从军；使我夫妻，
　　　　一旦分离，

　　　　叫人如何割舍！

　　　　[王恢拭泪。

张　氏　官人此番远行，到了那边塞寒苦的地方，冰天雪地，举目谁
　　　　亲？此后官人，饮食起居，务要多多保重，妾身才好放心。

王　恢　我记下了！

张　氏　丫鬟看酒，待妾身把盏，与官人饯行。

　　　　[丫鬟斟酒，张氏持杯送酒。

张　氏　（西皮散板）

　　　　劝官人饮此酒牢牢谨记，

　　　　在战场还须要审敌知机。

　　　　念家中要不断时通双鲤，

　　　　可怜我薄命人只影孤栖！

　　　　但愿得我家军战无不利，

　　　　不多时就盼你早卜归期。

王　恢　（西皮散板）

听妻言不由我心酸落泪，

但愿得一年中策马遗回。

[行弦。

丫　鬟　时候不早，老爷夫人，不要过于伤心。前面就是十里长亭，

众位乡邻都在那厢等候了。

王　恢　是呀，众位乡邻都在十里长亭等候，娘子，我们就在此地

分别了罢！你你你独自一人回家，不必送了。

张　氏　官人不要说是十里长亭，若是有千里万里长亭，倘能够允

许妾身送去，妾也要送官人去的。

王　恢　终究是要分离，不必送了！

张　氏　官人你我新婚才得数日，妾身尚未分明。你到军中，千万

要多多寄信，免妾挂念。

王　恢　你也不要时时挂念，苦坏了身体，我自然是多多寄信，娘

子只管放心，你回去罢。呵呵，我的妻呀！

（西皮散板）最可叹我两人新谐伉俪，

张　氏　我的夫啊！

（西皮散板）这生离如死别怎不惨凄！

丫　鬟　他们在那厢等了久了！

王　恢　（西皮散板）从此后向边疆冰天雪地，

[王恢走圆场。

张　氏　（西皮散板）恨不得从君去步步相随。

[四父老、四侍者端酒盘、刘氏、赵克奴、曹襄、李氏、曹

子、李信、孙氏同上。

王　恢　赵兄、曹兄、李兄。

赵克奴

曹　襄　（同白）王兄。

李　信

○23

王　恢　众位乡邻，在此相候！我们一同拜见。

赵克奴

曹　襄　（同白）是，众位乡邻请了。

李　信

父　老　各位壮士请了。我等特备酒宴，与诸位送行。

王　恢　今日远劳饯行，甚是感激。

父　老　此乃某等应尽之责，人役们看酒侍候。

　　　　［四侍者斟酒，父老送酒，王恢、赵克奴、曹襄、李信同
　　　　接酒。吹打。

王　恢　唉！诸位乡邻，我有几句言语，向诸位告禀：

　　　　（念）征战连年却为谁，

　　　　　　　涂炭生灵无是非。

　　　　　　　无故征兵来此地，

　　　　　　　两旁男女哭啼啼。

　　　　　　　眼看此去人千里，

　　　　　　　抛下娇妻苦无依！

　　　　　　　于今可怜只是你——

张　氏　（念）祝你平安早早归。

李　信　（念）李信无有牵挂的，

　　　　　　　心中难舍美娇妻。

刘　氏　（念）望你成人奉甘旨，

　　　　　　　战事逼迫两分离。

赵克奴　（念）慈亲年迈难割舍，

　　　　　　　母亲！留你孤身依靠谁？

曹　襄　（念）曹门只有你这十龄子，

（叫头）娘子！

曹　子　爹爹！

众　人　（同念）痛断肝肠惨生离。

曹　襄　（西皮导板）我曹襄只有这十龄姣子，

　　　　　〔曹襄揖。

赵克奴　（西皮散板）叹老母在家中无靠无依。

　　　　　〔赵克奴揖。

王　恢　（西皮散板）感父老们远送行深情厚谊，

　　　　　〔王恢揖。

四父老　（同西皮散板）望壮士快登程切莫悲啼。

　　　　　〔四父老同还揖。

四父老　（同白）人役们与各位壮士备马。

　　　　　〔四侍者同备马，王恢别张氏。

王　恢　娘子呵，告别了！

　　　　（西皮散板）辞别了我娇妻远离乡里，

　　　　娘子呵！

张　氏　（西皮散板）听阳关三叠曲入耳声凄！

赵克奴　（西皮散板）辞别了老娘亲，

曹　襄
李　信　（同哭接唱）小心在意！

王　恢
曹　襄　（同哭）我的妻呀！

张　氏
李　氏　（同哭）我的夫呀！

赵克奴
刘　氏　（同哭）我的（娘）（儿）呀！

曹　襄	（同哭）我的（妻儿）（爹爹）呀！
曹　子	
李　信	（哭）我的老婆呀！

　　　　［曹襄、李信、王恢、张氏、李氏、赵克奴、刘氏、曹子同
　　　　哭。王恢、曹襄、赵克奴同上马，同下，孙氏扯住李信。

| 孙　氏 | （白）我的心肝呀，我的宝贝呀！ |

　　　　（西皮散板）

　　　　你不要害得我想破肚皮。

　　　　［四校尉、杨威同上，冲开李信、孙氏，同下。李信急上
　　　　马，跑下。

刘　氏	（同三叫头）啊啊啊——
李　氏	
张　氏	（同哭头）我的（夫）（儿）呀！
刘　氏	
李　氏	（同哭头）我的（夫）（宝贝）呀！
孙　氏	
张　氏	
李　氏	（同西皮散板）有千言和万语无从说起！
刘　氏	

　　　　［张氏、李氏、刘氏自上场门同下。

| 四父老 | （同白）大家都已回去，大嫂不要啼哭，请回家吧！ |
| 孙　氏 | 你们哪里晓得，奴家心头难受！ |

　　　　（西皮散板）最可怜我一人独守孤帏。

| 四父老 | （同白）难为你大嫂了！回家去罢！ |

　　　　［孙氏哭下，四父老、众人同叹，自上场门同下。

评析

京剧《春闺梦》是程派代表作，编剧金仲荪。

在传统的以"场上是否全空"来分场的角度来看，这三场戏可以划分为"三"场，但若从情节整一的角度来看，这三场其实是一场。第三场、第四场可以视为两个过场，与第五场共同表现在征兵军令逼迫下老百姓妻离子散的悲惨境况。

第三场是众位父老欲去十里长亭，送别曹襄。这一段写得较为简洁，虽然曹家是三人在场，重点却在写父子之别，曹子接连问父亲"往哪里去"，不知父亲去征兵，还以为去何处游玩，足见其年幼，也足见曹襄抛弱妻幼子在家的无奈。编剧这段描写，可谓扣住重点，所以才要言不烦。

第四场的篇幅较第三场为多，容纳了两个事件。先是刘氏与赵克奴分别，叙事重点是母子别——老母絮絮念抚养不易，做儿子恨自身没有本领，未能尽孝堂前；后写李信与孙氏恩爱夫妻分别，李信担心战死，孙氏嫌他胡说八道乱讲话。

第五场的篇幅又长于前场，此场分为两部分，先写张氏和王恢分别，后写众老送别众人。

其中，张氏和王恢的叙事重点是新婚夫妻别。二人起初话语尚且含蓄，把酒寓情，愿战无不利、愿策马早回；后来得知众位乡邻都在十里长亭等候，丈夫劝娘子回去，休要再送，妻子却说"不要说是十里长亭，若是有千里万里长亭，倘能够允许妾身送去，妾也要送官人去的"，如此痴情坚贞，足见分离的残忍；等丈夫即将启程时，只得撇开羞涩，叮嘱"新婚才得数日，妾身尚未分明；你到军中，千万要多多寄信，免妾挂念"。

众老的送别则是本剧的一段华彩乐章，叙事重点是在众目睽睽、行程在即时的送别。如果说前面的送别是各家各户的独唱，那么，此处是此起彼伏的大合唱；如果说众人各自与亲人分别，那此处是集体送别。这两类分别实实有别：自家人送别，自然有话不妨坦白说，有泪不妨尽情流，但有乡邻在场时，话欲说还罢，泪是欲流还休，更多一层情境压迫，更多一层曲折。

这三场主要是写分别，由于送别对象不同，人物各有其声口，语言根据人物身份而调整变化。父子别中，幼子不知战争的残忍，天真地问"爸爸，您到底往哪里去"，父亲却只揩泪不语，并未忍心告知真相；此处是小儿的口吻。母子别中，赵克奴自怨"这都是儿不肖素无材艺，不能够奉娘亲远走高飞"；这是懂事了的孝子的沉痛，也有老母"顾不得年衰迈从后相随"的哀哀不舍。李信和孙氏在剧中由丑角扮演，语言多通俗，人物性格直率，所以他们唱"我心中就只是舍不得你"、"奴只好怨命苦嫁鸡随鸡"、"在家中想破肚皮"，与其他人物形象鲜明对比。李信和孙氏的通俗口吻，是青衣和小生应工的张氏和王恢所不具备的：分别的话在含蓄内敛、颇知书文的张氏说来，就只能是"但愿得我家军战无不利，不多时就盼你早卜归期"，表现了她出身大家、对于战争有更多的判断。而王恢"从此后向边疆冰天雪地"，她只能表白"恨不得从君去步步相随"，她不似曹襄之妻李氏的忧子幼难以抚养，也不同于赵克奴之母刘氏忧自身无人奉养，也不能够像孙氏那样直白地在家中"想破肚皮"，可她这种有愁难诉的心情更纠结、更惆怅和令观众心伤。

除了送别事件的侧重点、人物出场和篇幅具备变化外，本剧叙事形式也结合人物而丰富多变。

在曹襄的父子别中，人物全以念白的方式呈现，简洁精炼，符合男人少话的特征。在刘氏与赵克奴中，则全是唱段。这唱段也各有不同，回忆往昔、揭示寡母孤子生活艰辛用较快的"西皮流水"

板，抒情、叙事酣畅淋漓；表现当下的难舍难分，则用节奏较慢、情调较压抑的"西皮散板"板式。刘氏与赵克奴母子下场时，又唱一句"听那边又一阵哭声远起"引出李信和孙氏夫妻，使得原本分割开来的场次合二为一，富于变化。李信和孙氏不唱以念为主，对比前者又是一变化。

在父老同送中，形式的变化更丰富。先是众老一段总述，略表送行之意，给各人斟酒，而后被送行者依次诉怀。从王恢夫妻开始，依次是李信夫妻、赵克奴母子、曹襄一家，各人念诗白，结束后又将顺序倒过来，从曹襄一家开始，以一人一句唱的方式，表现分离的难舍。当然，如果仅是抒情，那么戏的节奏自然就缓慢甚至停滞了，巧妙的是，编剧在后面各人的唱中，加入了众父老的唱，一句"望壮士快登程切莫悲啼"，在抒情中叙事，给分离施加了情境压迫，推动了情节继续向前发展，在即的别离引起众人再次心绪波动，亲人们各以简短的话语嘱咐，被送行者挥手作别，以合唱加合白的方式表现呼天抢地的情景：

张　　氏　（西皮散板）听阳关三叠曲入耳声凄！

赵克奴　（西皮散板）辞别了老娘亲，

曹　　襄
　　　　　（同哭唱）小心在意！
李　　信

王　　恢
　　　　　（同哭）我的妻呀！
曹　　襄

张　　氏
　　　　　（同哭）我的夫呀！
李　　氏

赵克奴
　　　　　（同哭）我的（娘）（儿）呀！
刘　　氏

曹　襄　　　　　　　妻儿
　　　　（同哭）我的　　　呀!
曹　子　　　　　　　爹爹

李　信　（哭）我的老婆呀!

　　　　〔曹襄、李信、王恢、张氏、李氏、赵克奴、刘氏、曹子同
　　　　哭。王恢、曹襄、赵克奴同上马，同下，孙氏扯住李信。

孙　氏　（白）我的心肝呀，我的宝贝呀!

　　　　（西皮散板）你不要害得我想破肚皮。

为人夫、为人妇者同声呼喊，又有母子对哭、父子对哭：王恢和曹
襄同哭"我的妻呀"，张氏和李氏同哭"我的夫呀"，同哭者身份相
同；对哭者则是一家人。他们似合唱般共同控诉战争的罪恶、诉说
离别的苦辛。之后风波陡变，众兵丁上场冲散亲人，猝不及防之中，
送行者被迫离去，留下送别的妇孺仍在呼天抢地，此时众人的哭变
得杂乱，同哭者失去了身份的一致性，大合唱中出现了不合谐的
音调：

　　　　〔四校尉、杨威同上，冲开李信、孙氏，同下。李信急上
　　　　马，跑下。

刘　氏
　　　　（同三叫头）啊啊啊——
李　氏

张　氏　　　　　　　夫
　　　　（同哭头）我的　呀!
刘　氏　　　　　　　儿

李　氏　　　　　　　夫
　　　　（同哭头）我的　　呀!
孙　氏　　　　　　　宝贝

张　氏

李　氏　（同西皮散板）有千言和万语无从说起!

刘　氏

　　　　〔张氏、李氏、刘氏自上场门同下。

四父老 （同白）大家都已回去，大嫂不要啼哭，请回家吧！

孙　氏 （白）你们哪里晓得，奴家心头难受！

（西皮散板）最可怜我一人独守孤帏。

四父老 （同白）难为你大嫂了！回家去罢！

〔孙氏哭下，四父老、众人同叹，自上场门同下。

张氏哭的是"我的夫呀"，刘氏却哭"我的儿呀"；李氏哭"我的夫呀"，孙氏哭的却是"我的宝贝呀"……同哭、同白的人物失去了身份的一致性，形象地表现了兵丁无情抓人、亲人猝然离去后的慌乱、恐怖与无助。此情此景，用李商隐的一句诗来形容，就是"芭蕉不展丁香结，同向春风各自愁"，各人有各人的烦恼，谁也替代不了谁。如果撇开其他，只看人物念白的内容，这几句念白不过是几句叫头的简单重复，但却通过不同的搭配组合，实现了丰富和变化，而这种丰富和变化又依附于外部事件上，是对"歌舞演故事"的极好注释。

本剧对战争造成的分离，采取了以张氏夫妻为主、又辅以散点透视的写法，精心选择事件，夫妻别、母子别、父子别、新婚别各不同，互为对照、呼应，全面、透彻地表现战争给人们带来的痛苦。正因如此，《春闺梦》虽以生旦为主，内中也有离合团圆，但却绝非一出常见的才子佳人戏。众多行当的出场，在呼应主题的基础上，丰富了场上演出，在传统戏曲中，能如此张弛有度、从容飘逸、寥寥数笔写众生相的着实不多。

像这一类群戏，在写作叙事上自是可圈可点、令人惊喜，但或许因为演员人数众多，无法成为某门某派的看家剧目，也无法方便地作为"折子戏"演出，所以反倒是容易被忽略和忘记的——近年来演出的《春闺梦》中已经删去了此片段。然而作为编剧，或许这正是我们应该学习的。

京剧《锁麟囊·三让椅》

[众人同下楼。

赵守贞 （白）啊，薛妈，你到底是哪里人氏？

薛湘灵 （白）登州人氏。

赵守贞 （白）你叫什么名字？

薛湘灵 （白）这……

碧　玉 （白）你瞧，夫人问你话，你快说！干嘛又装模作样的？

薛湘灵 （白）我叫薛湘灵。

赵守贞 （白）你以前家世如何？

薛湘灵 （白）我的家世么？——与夫人一样啊！

赵守贞 （白）如今呢？

薛湘灵 （白）如今被大水淹没了！

赵守贞 （白）你几时出嫁的？距今几年了？

薛湘灵 （白）这……己酉年六月十八日出阁，今已六载！

赵守贞 （白）六月十八日，今已六载啊，儿啊！你今年几岁了？

卢天麟 （白）妈，我不是五岁了吗？

赵守贞 （白）五岁了！玩耍去吧。

卢天麟 （白）我玩去啦。

[卢天麟下。

赵守贞 （白）碧玉，与薛妈看座！

碧　玉　（白）夫人，您在这，哪有她的座儿呀？

赵守贞　（白）有话问她，请她坐下。

碧　玉　（白）不是，她是老妈子，怎么就有座儿啦？

赵守贞　（白）不必多言，快快看座。

碧　玉　（白）想不到，她倒红啦！

　　　　　［碧玉挪椅。

碧　玉　（白）您请坐吧。

　　　　　［碧玉咳嗽声。

薛湘灵　（白）请来上座。

碧　玉　（白）我站惯了。

赵守贞　（白）请坐。啊，薛妈，那年六月十八日天气如何？你可记
　　　　　得呀？

薛湘灵　（白）记得。

赵守贞　（白）记得。慢慢讲来。

薛湘灵　（白）夫人容禀。

　　　　　（西皮原板）那一日风光好忽然转变，

　　　　　［行弦。

赵守贞　（白）忽然转变，又怎样啊？

薛湘灵　（西皮原板）霎时间日色淡似坠西山。

　　　　　［行弦。

赵守贞　（白）似坠西山，后来呢？

薛湘灵　（西皮原板）在轿中只觉得天昏地暗，

　　　　　耳边厢，风雨断，雨声喧，雷声乱，乐声阑珊，人声呐喊，

　　　　　都道是大雨倾天。

　　　　　［行弦。

赵守贞　（白）何处避雨？

薛湘灵　（白）春秋亭。

赵守贞 （白）春秋亭？我来问你：那日春秋亭中避雨，就是你一乘
　　　　　　花轿，还有第二？

薛湘灵 （白）还有一乘。

赵守贞 （白）哦，还有一乘？那花轿是怎样的风光？

薛湘灵 （白）那花轿么？夫人哪！

　　　　　（西皮原板）那花轿必定是因陋就简，

　　　　　　　　　　　隔帘儿我也曾侧目偷观；

　　　　　　　　　　　虽然是古青庐以朴为俭，

　　　　　　　　　　　哪有这短花帘，旧花幔，参差流苏，残破不全。

　　　　〔行弦。

赵守贞 （白）那花轿残破不全！碧玉，将薛妈座位移至客位。

碧　玉 （白）我说夫人，她在这儿坐着就可以啦，怎么又跑到客位
　　　　　　去啦？

赵守贞 （白）不必多言。

碧　玉 （白）好，不但红，而且红得发紫啦。

　　　　　　起来，起来，我给你挪窝儿。

　　　　〔碧玉移座。

赵守贞 （白）请坐。我来问你：那轿中人她又是怎样？

薛湘灵 （白）夫人哪！

　　　　　（西皮原板）轿中人必定有一腔幽怨，

　　　　　　　　　　　她泪自弹，声积断，似杜鹃，啼别院，巴峡哀
　　　　　　　　　　　猿，动人心弦，好不惨然。

　　　　　　　　　　　于归日理应当喜形于面，

　　　　　　　　　　　为什么悲切切哭得可怜！

　　　　〔行弦。

赵守贞 （白）哭得可怜，难道你就无动于衷么？

薛湘灵　（西皮原板）那时节奴妆奁不下百万，

　　　　　　　　　　怎奈我在轿中赤手空拳。

　　　　〔行弦。

赵守贞　（白）赤手空拳，就罢了不成么？

薛湘灵　（西皮原板）急切里想起了锁麟囊一件，

　　　　　　　　　　囊虽小却能作积命泉源。

　　　　〔行弦。

赵守贞　（白）碧玉！快将薛妈座位，移到上座。

碧　玉　（白）夫人可是这么着，她来到咱们家，一手还没露呢！怎

　　　　么又上座啦？

赵守贞　（白）又来多口！快快移来吧。

碧　玉　（白）您这叫步步高升啊！

赵守贞　（白）快快请坐吧。那锁麟囊中盛有何物？慢慢讲来。

薛湘灵　（白）夫人哪！

　　　　（西皮流水板）有金珠和珍宝光华灿烂，

　　　　　　　　　　红珊瑚碧翡翠样样俱全；

　　　　　　　　　　还有那夜明珠粒粒成串，

　　　　　　　　　　还有那赤金练、紫瑛簪、白玉环、双凤鋬、

　　　　　　　　　　八宝钗钏，一个个宝孕光含。

　　　　　　　　　　这囊儿虽非是千古罕见，

　　　　　　　　　　换衣食也够她生活几年。

赵守贞　（白）那女子收下了无有哇？

薛湘灵　（西皮摇板）那女子心性洁世俗不染，

　　　　　　　　　　留下了锁麟囊把珠宝退还。

赵守贞　（白）呀！

　　　　（西皮摇板）听她言不由我心中暗转，

果然是当年知己到此间。

赵守贞 （白）碧玉，领薛妈后面更衣！

碧　玉 （白）您的衣服，给她穿哪？

赵守贞 （白）是呀。将我那上等的衣服与她挑选！

碧　玉 （白）得，走吧。

薛湘灵 （白）啊夫人！这是何意呀？

赵守贞 （白）不必多疑，我绝无恶意，快快去吧！

碧　玉 （白）走，跟我穿衣服去啊。我说薛妈，我真是佩服你就算
　　　　　　得啦，你呀，算是把我们夫人给蒙啦！

评析

　　此剧是程派名剧，编剧翁偶虹。

　　传统戏曲中，由一问一答的戏数不胜数，然而以人物问答构成
整出戏主体的，代表性的当推《锁麟囊》中"三让椅"和《四郎探
母》中的"坐宫"两出。两者在叙事上的艺术性又各有不同。

　　在"三让椅"中，赵守贞赵夫人有"四问"，薛湘灵有"四答"。
"四问"所占篇幅并不均等，第一问和第四问较短，而第二问、第三
问较长，每一次问都伴随着人物的"发现"和戏剧情势、人物行动
的"突转"。

　　第一问问对方何时出嫁，重复一遍，心里已暗知为同日出嫁。
为让观众明白（这在演出中非常重要），又特意问下儿子几岁，顺便
打发儿子下场。第一问的结果是与薛妈看座。

　　第二问问当日天气、避雨情况、几乘花轿、那花轿是怎样风光。
此问中，前两个问题赵守贞的问话看不出她对已知情况的判断。第
三个"就是你一乘花轿，还有第二"，已透露出人物兴奋、迫切的心
情。第四个"那花轿是怎样的风光"，则是目的非常鲜明的发问，是

明知故问了。这一系列问完后，赵兴奋重复"那花轿残破不全"，命碧玉将薛妈座位移至客位，又引来碧玉不满。

第三问问轿中人如何、哭得可怜就无动于衷么，赤手空拳就罢了不成么，一直等到对方说出锁麟囊，迫不及待胸有成竹地将薛妈移到上座。

第四问问囊中有何物、那女子可曾收下此囊。薛湘灵娓娓道来、一一合拍后，命与薛妈更衣。

此处的问话成为人物有目的有意志的行为，问话在于证实自己的推测，并产生新的发现。随着"发现"，情节又发生"突转"，主仆关系转变为恩人与报恩者，家人重逢无望变为又得团圆。而赵守贞"三让椅"的行动，引发了碧玉对薛妈的嫉恨和薛妈的误会性冲突。当然，碧玉对薛妈的嫉恨停留在低级趣味上，未免低俗，只顾剧场效果而有损了薛妈的人物形象，但从剧作规则上来看，这段形式简洁的设计中也包含了戏剧的行动和冲突，同时也是对批判"嫌贫爱富"主题的回应。

这段戏在叙事形式上是值得借鉴的。薛湘灵负责唱，赵守贞负责念白，碧玉负责插科打诨。从薛湘灵的唱腔来看，其板式从舒缓大方的"西皮原板"过渡到较快的"流水板"，十分符合薛湘灵这一大家闺秀的身份和剧情的发展。从唱和念的结合来看，也十分丰富。先是与赵守贞一递一句的唱和念。比如：

薛湘灵 （西皮原板）那一日风光好忽然转变，

赵守贞 （白）忽然转变，又怎样啊？

薛湘灵 （西皮原板）霎时间日色淡似坠西山。

赵守贞 （白）似坠西山，后来呢？

薛湘灵 （西皮原板）在轿中只觉得天昏地暗，

耳边厢，风雨断，雨声喧，雷声乱，乐声阑珊，人声呐喊，都道是大雨倾天。

赵守贞 （白）何处避雨？

薛湘灵 （白）春秋亭。

随后是薛湘灵比较完整的唱，如：

薛湘灵 （西皮原板）那花轿必定是因陋就简，

　　　　　　　　隔帘儿我也曾侧目偷观；

　　　　　　　　虽然是古青庐以朴为俭，

　　　　　　　　哪有这短花帘，旧花幔，参差流苏，残破不全。

又过渡到两句唱一句白，如：

赵守贞 （白）哭得可怜，难道你就无动于衷么？

薛湘灵 （西皮原板）那时节奴妆奁不下百万，

　　　　　　　　怎奈我在轿中赤手空拳。

　　　　〔行弦。

赵守贞 （白）赤手空拳，就罢了不成么？

薛湘灵 （西皮原板）急切里想起了锁麟囊一件，

　　　　　　　　囊虽小却能作积命泉源。

　　　　〔行弦。

赵守贞 （白）碧玉！快将薛妈座位，移到上座。

再以最后的整段"西皮流水"和赵守贞喜悦的摇板作为问话的终结：

薛湘灵 （西皮流水板）有金珠和珍宝光华灿烂，

　　　　　　　　红珊瑚碧翡翠样样俱全；

　　　　　　　　还有那夜明珠粒粒成串，

　　　　　　　　还有那赤金练、紫瑛簪、白玉环、双凤錾、

　　　　　　　　八宝钗钏，一个个宝孕光含。

　　　　　　　　这囊儿虽非是千古罕见，

　　　　　　　　换衣食也够她生活几年。

同样是唱夹白，此剧在处理形式上错落有致，而非规整死板。唱夹白的灵活处理，再加上碧玉的插科打诨，在简单之中富于变化，一步步将相逢的喜悦推向高潮，令这场戏美不胜收、非常具备审美价值。同时，也体现了"唱的最高境界是念"，"唱"不应该游离于叙事、剧情之外，不应该过于突出或与念白割裂，完美的"唱"应当融于念白和剧情之中，如叙家常一般，共同为叙事服务。

　　本剧在唱词上也长长短短，唱词内容丰富多彩，令人有眼花缭乱之感。如"在轿中只觉得天昏地暗，耳边厢，风声断，雨声喧，雷声乱，乐声阑珊，人声呐喊，都道是大雨倾天"的下句长达27个字，视觉上很形象，"山雨欲来风满楼"，因此先是风声、后是雨声，雷声过后方觉乐声阑珊，听到呐喊的人声，知晓大家都在说雨大……层次非常丰富，听觉上也营造出大雨倾盆的喧嚣感。再如"还有那赤金练、紫瑛簪、白玉环、双凤鍪、八宝钗钏，一个个宝孕光含"，无论哪种饰物，通过字面和音调呈现出丰富又独特的颜色和质感，给予观众鲜明印象。

　　同样是问和答，《锁麟囊》的"春秋亭"又有所不同。请看剧本片段：

薛湘灵　（白）呀！

　　　　（西皮流水板）耳听得悲声惨心中如捣，

　　　　　　　　　　同路人为什么这样嚎啕；

　　　　　　　　　　莫不是夫郎丑难谐女貌？

　　　　　　　　　　莫不是强婚配鸦占鸾巢？

　　　　　　　　　　叫梅香你把那好言相告，

　　　　　　　　　　问那厢因何故痛哭无聊？

　　　　　　　　　　……

梅　香　（白）小姐，我问啦，人家不告诉我。

薛湘灵 （西皮流水板）梅香说话太潦草，

难免怀疑在心梢。

想必是人前逞骄傲，

不该词费又滔滔；

休要噪，且站了，

薛良与我再问一遭。

……

薛　良 （白）小姐，他家姓赵，轿中乃是他的女儿，因家中贫寒，无有妆奁，唯恐他父心中不安，故此伤心耳！

薛湘灵 （白）呀！

（西皮流水板）听薛良一语来相告，

满腹骄矜顿雪消；

人情冷暖凭天造，

何不移动半分毫？

我今不足她正少，

她为饥寒我为娇；

分我一只珊瑚宝，

安她半世凤凰巢。

……

　　在叙事形式上，"春秋亭"的问是丫鬟仆人代问，梅香遭到抢白，小姐再命老仆薛良去问。此处不像"三让椅"中一步步接近预定答案，而是因为没有结果一问再问，行动停留在问上，问出结果后，就慨然赠囊，没有再纠结。

　　在叙事内容上，同样是对出嫁日的描述，"春秋亭避雨"和"三让椅"的描写重点不同。

　　"春秋亭"中，是主人公置身其中、以心情喜悦的新嫁娘的视角去看，故而并不注意对方花轿是否破旧，所关注的是大喜的日子"轿中人为什么痛哭无聊"。是以重在人物探究的行动描写，先派秋香后派薛良去问，渐渐猜测对方因家贫烦恼到确证，由同时新嫁娘的心情感同身受、慷慨赠囊，写的重点是"赠囊"，这是引起全剧至关重要的一个行动，没有此"赠囊"，人物的美好无法体现，"三让椅"的情节也不会发生。

"三让椅"中，描写的重点是"验囊"，赠囊之人是否为眼前这人，她所赠之囊是否为今日之囊。所以写了那日天气状况、写了花轿的简陋、写了锁麟囊中的种种物件。此处所写内容均是"春秋亭"中所没有写的，前面剧情中也没有交待，因而对观众来说别致新鲜。而且天气状况、路遇之人、囊中之物等内容，在"验囊"之时间最为贴切；放到"赠囊"中则偏离主题，显得冗余。试想，若是在"赠囊"的春秋亭中就写到囊中的种种宝贝，主人公则不免让观众认为炫富、炫耀之心多于同情之心，除非人物"赠囊"别有行动目的——如锡剧《珍珠塔》中，表姐赠给表弟一包"干点心"：

陈翠娥 （白）表弟，千里送鹅毛，礼轻情意重。点心不值钱，愚姐
　　　　　　一片心。

　　　　（唱）你拿了这包干点心，

　　　　　　　一路之上要当心，

　　　　　　　倘然携带不方便，

　　　　　　　宁可丢掉包裹雨伞不要紧。

　　　　　　　切莫丢掉干点心，

　　　　　　　这是我对舅妈一片孝顺心。

方　卿　我代替母亲来谢谢你，

　　　　多谢你表姐赠点心，

　　　　我将点心带到坟堂屋，

　　　　　　我母亲吃着点心

　　　　　　就会想你表姐情。

陈翠娥　你拿了这包干点心。

　　　　　　一路之上要当心，

　　　　　　千年古庙不可宿，

　　　　　　荒村野店莫留停，

　　　　　　日间当它板凳做，

　　　　　　夜间要当它枕头困，

　　　　　　你拿了这包干点心，

　　　　　　千万千万要当心。

　　　　　　倘然路上腹中饥，

　　　　　　解开包裹吃点心，

　　　　　　四面望望可有人，

　　　　　　不防君子要防小人。

　　　　　　表弟呀！

　　　　　　失落点心非小事，

　　　　　　你枉费愚姐一片心。

方　卿　放三放四她不放手，

　　　　　　一包点心不离身。

　　　　　　真所谓芥菜籽肚肠量气小，

　　　　　　势利母亲偏偏养着小气女钗裙。

　　　　　　表姐！

　　　　　　我本当轿不坐来船不乘，

　　　　　　双手捧到河南太平村，

　　　　　　只是这包点心非寻常，

　　　　　　还是隔日请便人

带到河南坟堂门。

陈翠娥　谁知表弟多了心，

　　　　　他哪知点心之中有点心。

此处一再叮嘱表弟小心侍候这包干点心，一路之上"丢掉包裹雨伞不要紧"，"解开包裹吃点心，也要四面望望可有人"，是因为点心之中另有文章，点心其实不是点心，而是祖传之宝"珍珠塔"。一包点心与无价之宝形成了戏剧情势的反差，构成了戏剧张力，也引起了方卿对表姐的误解。而"锁麟囊"是无价之宝，与主人公的夸饰行为并不构成反差，所以对其内中之物不加交代是对的。同样，"赠囊"中的"天气情况"和"花轿简陋"，已经在情节当中自然加以交代，无需再用语言去重复；在"验囊"之时，为了证明身份，倒是需要以回忆追述的形式加以交代。如果在"赠囊"之时就在唱词中描写天气情况、花轿的简陋、囊中之物，则必然拉长"赠囊"的行动，导致节奏拖拉。

　　所以，《锁麟囊》的"春秋亭"与"三让椅"给我们提供了一个很好的例子，对于"歌舞"叙事的戏曲来说，"歌舞"本身即会丰富情节，因此"故事"的情节必须简洁——问出对方因出嫁没有嫁妆而哭，就毅然赠囊；问清对方出嫁时的天气、花轿情况，就可以决定相认与否——不然情节就会显得冗长。同时，剧作的不同地方可以反复交代同一情节、同一件事，但描写内容必须有所差异，角度或者侧面必须互补而有所不同，共同完善一个事件，但绝不能雷同。若只是简单地重复细节，没有新鲜信息的提供，叙事效果必定大打折扣。

京剧《四郎探母·坐宫》

[杨延辉上。

杨 延 辉　（引子）金井锁梧桐，长叹空随，一阵风。

（念）沙滩赴会十五年，

雁过衡阳各一天。

高堂老母难得见，

怎不叫人泪涟涟。

（白）本宫，四郎延辉。我父金刀令公，老母佘氏太君。只因十五年前，沙滩赴会，本宫被擒。蒙萧太后不斩之恩，反将公主招赘。昨闻小番报道：萧天佐在九龙飞虎峪，摆下天门大阵，我母解押粮草来到北番，我有心，过营见母一面，怎奈关井阻隔，插翅难飞，不能相见。思想老母，好不伤感人也！

（西皮慢板）

杨延辉坐宫院自思自叹，

想起了当年事好不惨然。

我好比笼中鸟有翅难展，

我好比虎离山受了孤单；

我好比南来雁失群飞散，

我好比浅水龙困在沙滩。

○44

想当年沙滩会，

（西皮二六板）

一场血战，

只杀得血成河尸骨堆山；

只杀得杨家将东逃西散，

只杀得众儿郎滚下马鞍。

我被擒改名姓身脱此难，

将杨字改木易匹配良缘。

萧天佐摆天门在两下会战，

我的娘押粮草来到北番。

我有心出关去见母一面，

怎奈我身在番远隔天边。

思老母不由得儿把肝肠痛断，

想老娘想得儿泪洒在胸前。

（哭头）眼睁睁母子们难得见，儿的老娘啊！

（西皮摇板）要相逢除非是梦里团圆。

铁镜公主 （内白）丫头！

丫　鬟 （内白）有！

铁镜公主 （内白）带路啊！

丫　鬟 （内白）啊！

　　　　〔丫鬟引铁镜公主同上。

铁镜公主 （西皮摇板）

芍药开牡丹放花红一片，

艳阳天春光好百鸟声喧。

我本当与驸马消遣游玩，

怎奈他终日里愁锁眉尖。

驸马，驸马，咱家来啦！

　　　　　[丫鬟引铁镜公主同进门，杨延辉站起。

杨 延 辉　公主来了？请坐！

铁镜公主　驸马请坐。

　　　　　[杨延辉、铁镜公主同坐。

铁镜公主　我说驸马，自你来到我国，一十五载，朝欢暮乐，未尝
　　　　　有一日忧思。我瞧你这两天，总是这么愁眉不展的？莫
　　　　　非你有什么心事不成吗？

杨 延 辉　本宫无有什么心事，公主不要多疑。

铁镜公主　哦，你说你没有什么心事啊？那么你瞧你的眼泪还没有
　　　　　擦干净呢！

杨 延 辉　哦。

　　　　　[杨延辉背脸拭泪。

铁镜公主　哎，现擦可也就来不及啦。

杨 延 辉　公主，本宫心事却有，慢说公主，就是大罗神仙，也难
　　　　　以猜透。

铁镜公主　怎么着？你说你的心事咱家我猜不着啊？慢说你的心事，
　　　　　就是我母后的国家大事，咱家不猜便罢！

杨 延 辉　若猜呢？

铁镜公主　要猜呀？也猜个八九分儿。

杨 延 辉　今日闲暇无事，就请公主猜上一猜。

铁镜公主　对啦，闲着也是闲着，那么待咱家猜上一猜。丫头。

丫 　 鬟　有！

铁镜公主　打坐向前！

　　　　　[杨延辉、铁镜公主同起。

铁镜公主　（西皮导板）夫妻们打坐在皇宫院，

［丫鬟接过喜神，下。

铁镜公主　（西皮慢板）

猜一猜驸马爷袖内机关。

莫不是我母后将你怠慢？

猜着了没有？

杨　延　辉　啊！公主，你这头一猜……

铁镜公主　这头一猜八成儿就猜着了？

杨　延　辉　错了！

铁镜公主　哟，怎么会错哪？

杨　延　辉　想太后，乃一国之主，慢说无有怠慢，纵然怠慢，焉敢怎样啊？

铁镜公主　对啊！想我母后，乃是一国之主，你这女婿，又有半子之劳，别说没有些个怠慢的地方儿，就是有些个迟慢，还敢把她老人家怎么样呢？

杨　延　辉　着哇！

铁镜公主　不是的？

杨　延　辉　不是的！

铁镜公主　哦，哦哦，是了！

（西皮慢板）莫不是夫妻们冷落少欢？

铁镜公主　猜着了没有？

杨　延　辉　你又猜错了！

铁镜公主　哟，怎么又猜错了呢？

杨　延　辉　想你我夫妻，相亲相爱，越发的不是了啊。

铁镜公主　是啊！想你我夫妻，相亲相爱，怎么能够说是"冷落"二字呢？

杨　延　辉　是啊！

铁镜公主　又不对?

杨 延 辉　不是的!

铁镜公主　哦,哦哦! 是了!

（西皮慢板）莫不是思游玩那秦楼楚馆?

铁镜公主　猜着了吧?

杨 延 辉　想那秦楼楚馆,虽然美景非常,难道还胜得过皇宫内院
不成么? 公主猜不着不要猜了啊。

铁镜公主　是呀! 想那秦楼楚馆,还胜得过这皇宫内院不成吗?

杨 延 辉　着啊!

铁镜公主　哦哦,是了!

（西皮慢板）莫不是抱琵琶你就另想别弹?

杨 延 辉　哎呀公主啊! 想你我夫妻,况且又生下小阿哥,讲什么
抱琵琶另想别弹?

你说此话,屈煞本宫了!

　　［杨延辉微哭,拭泪。

铁镜公主　哟! 你瞧,你这爱哭劲儿的。咱家说了一句不要紧的话,
就哭出来了。

猜得不对,再猜就是了嘛!

杨 延 辉　公主不要猜了啊。

铁镜公主　诶,一定要猜。咳,这倒难了!

（西皮慢板）这不是那不是是何意见?

　　［杨延辉、铁镜公主同站,杨延辉凝目遥望,失意。

铁镜公主　驸马,请过来,咱家这一猜呀,准能猜到你的心眼上。

杨 延 辉　哦,公主请猜。

铁镜公主　听了!

（西皮摇板）莫不是你思骨肉意马心猿?

［丫鬟上，将喜神交与铁镜公主，下。

杨 延 辉　哦！

（西皮快板）

贤公主虽女流智谋广远，

猜透了杨延辉袖内机关。

我本当向前去求她方便！

铁镜公主　猜着了没有？

杨 延 辉　哦！

（西皮摇板）还需要紧闭口慢露真言。

［杨延辉、铁镜公主同坐。

铁镜公主　驸马，咱家猜了半天到底儿是猜着了没有？

杨 延 辉　心事却被公主猜中！不能与本宫做主也是枉然呐。

铁镜公主　咳，只要你对咱家说明，我给你做主就是了嘛！

杨 延 辉　公主啊！

（西皮快板）

我在南来你在番，

千里姻缘一线牵。

公主对天盟誓愿，

本宫方肯吐真言。

铁镜公主　怎么？说了半天，要咱家起誓啊？

杨 延 辉　正是！

铁镜公主　巧了，我就是不会起誓！

杨 延 辉　啊？番邦女子连誓都不会盟么？

铁镜公主　哪儿像你们啊？起誓当白玩儿，我不会。

杨 延 辉　也罢，待本宫教导与你呀。

［杨延辉、铁镜公主同站起。

铁镜公主　对了，你教给我吧！

杨　延　辉　跪在此尘埃，口称皇天在上，番邦女子在下，驸马爷对
　　　　　　我说了真情实话，我若是走漏消息，是怎长怎短！

铁镜公主　就是这个呀？我会了，你听着：皇天在上，番邦女子在
　　　　　　下。驸马爷对我说了真情实话，我若是走漏了他的消
　　　　　　息半点，到后来，叫我是怎么样儿的长，是哪么样儿
　　　　　　的短！

杨　延　辉　诶！要你终身对天一表啊！

铁镜公主　你当我真不会起誓？阿哥您抱着。

　　　　　　〔杨延辉接喜神。

铁镜公主　待咱家起誓呀！

　　　　　　（西皮流水板）

　　　　　　铁镜女跪尘埃祝告上天，

　　　　　　尊一声过往神细听咱言。

　　　　　　我若是走漏了他的消息半点！

杨　延　辉　怎么样啊？

铁镜公主　唉！

　　　　　　（西皮摇板）三尺绫自悬梁尸不周全。

杨　延　辉　言重了！

　　　　　　〔铁镜公主站起，接喜神。

杨　延　辉　（西皮快板）

　　　　　　贤公主盟罢了宏誓愿，

　　　　　　杨延辉才把心放宽。

　　　　　　二次向前

　　　　　　（西皮摇板）

　　　　　　重把礼见，

〔杨延辉、铁镜公主同施礼，同坐。

杨 延 辉　（西皮摇板）我方好过营去探母问安。

铁镜公主　驸马，誓我也起了，有什么话，您快点儿说吧！

杨 延 辉　啊，公主，你道本宫，当真姓木名易么？

铁镜公主　哎哟！这不成了笑话儿了吗，谁不知道，您是木易驸
　　　　　马呀！

杨 延 辉　非也！

铁镜公主　非也？哈哈！自从你来在我国，一十五载，怎么着？连
　　　　　个真名实姓都没有？巧了，你今儿个说了真情实话便
　　　　　罢！如若不然，奏知母后，哈哈，哥哥儿！我要你的脑
　　　　　袋使唤！你可害苦了我啦！

杨 延 辉　（西皮导板）未开言不由人泪流满面！

　　　〔喜神啼哭。

杨 延 辉　呃，本宫与你讲话，为何在阿哥身上打搅啊？

铁镜公主　你说你的话，还拦得住我的儿子他不撒尿吗？

杨 延 辉　公主啊！

铁镜公主　说好的吧！

杨 延 辉　（西皮原板）

　　　　　贤公主细听我表一表家园：

　　　　　我的父老令公官高爵显，

　　　　　我的母佘太君所生我弟兄七男。

　　　　　都只为宋王爷在五台山还愿，

　　　　　潘仁美诓圣驾来北番。

　　　　　你的父设下了双龙会宴，

　　　　　我弟兄八员将就赴会在沙滩。

　　　　　（西皮快板）

〇5I

我大哥替宋王席前遭难，

我二哥短剑下命丧黄泉。

我三哥被马踏尸骨不见，

有本宫和八弟失落北番。

我本是杨……

[铁镜公主急示噤声，杨延辉、铁镜公主同出门分至两

侧看，双进门。

铁镜公主　快点儿说吧。

杨　延　辉　（哭头）啊！贤公主，我的妻呀！

（西皮摇板）

我本是杨四郎把名姓改换，

将杨字拆木易匹配良缘。

铁镜公主　呀！

（西皮流水板）

听他言吓得我浑身是汗，

十五载到今日才吐真言。

原来是杨家将把名姓改换，

他思家乡想骨肉就不得团圆。

我这里走向前再把礼见，

尊一声驸马爷细听咱言：

早晚间休怪我言语怠慢，

不知者不怪罪你的海量放宽。

杨　延　辉　公主啊！

（西皮快板）

我和你好夫妻恩德不浅，

贤公主又何必过于歉言。

杨延辉有一日愁眉得展，

也难忘贤公主恩重如山。

铁镜公主（西皮快板）

说什么夫妻情恩德不浅，

咱与你隔南北千里姻缘。

因何故终日里愁眉不展，

有什么心腹事你只管明言。

杨 延 辉（西皮快板）

非是我这几日愁眉难展，

有一桩心腹事不敢明言。

萧天佐摆天门两国交战，

我的娘押粮草来到北番。

贤公主若容我母子相见，

到来生变犬马结草衔还。

铁镜公主（西皮快板）

你那里休得要巧言改辩，

你要拜高堂母就我不阻拦。

杨 延 辉（西皮快板）

公主虽然不阻拦，

无有令箭也枉然。

铁镜公主（西皮快板）

我有心赐你金鈚箭，

怕你一去就不回还。

杨 延 辉（西皮快板）

公主赐我的金鈚箭，

见母一面即刻还。

铁镜公主　（西皮快板）

　　　　　　宋营离此路途远，

　　　　　　一夜之间你怎能够还？

杨 延 辉　（西皮快板）

　　　　　　宋营离此路途远，

　　　　　　快马加鞭一夜还。

铁镜公主　（西皮快板）

　　　　　　适才叫咱盟誓愿，

　　　　　　你对苍天就表一番。

杨 延 辉　（西皮快板）

　　　　　　公主要我盟誓愿，

　　　　　　将身跪在地平川。

　　　　　　我若探母不回转，

铁镜公主　怎么样啊？

杨 延 辉　罢！

　　　　　　（西皮摇板）黄沙盖脸尸骨不全。

铁镜公主　言重了！

　　　　　　（西皮流水板）

　　　　　　一见驸马盟誓愿，

　　　　　　咱家才把心放宽。

　　　　　　你在后宫乔改扮，

　　　　　　［铁镜公主出。

铁镜公主　（西皮摇板）盗来令箭你好出关！

　　　　　　［铁镜公主下。

杨 延 辉　（西皮快板）

　　　　　　一见公主盗令箭，

○54

不由本宫喜心间。

站立宫门，叫小番，

备爷的千里战马，扣连环，爷好出关！

〔杨延辉下。

评析

此剧为京剧传统剧目。

京剧"坐宫"诚然是一出唱念俱佳的戏，铁镜公主的花衫应工、念京白也是一个创造，但从剧本角度来分析，仍然有许多遗憾之处。

"坐宫"这场戏可分为两部分，前半部分是"猜心事"，后半部分是"道明身世"。其中，后半部分杨四郎在讲身世前，要求公主"起誓"，而公主在答应盗令箭前，也要求对方"起誓"此去必还，戏剧性较强，人物的冲突和行动也较鲜明。与之相比，前半部分则显得松懈多了。

杨四郎的心事身世，已经念了一遍又唱了一遍，观众早已知晓，此处若再来第三遍讲述，叙事相距太近，势必让人厌烦，因此，此时重点不应该放在杨四郎身世的再次重复上，而是放在他的身世揭晓的方式上。是以，若放在设计杨四郎的行动上，写其如何一步步让铁镜公主知道——比如仿效京剧《八大锤》中王佐借说书机会让陆文龙得知身世，比如京剧《赵氏孤儿》中程婴借观画讲述赵家惨史，这些都是现成的可以借鉴的例子——可那样一来，此场的主角便变成杨四郎，而在其讲述中，仍然不能够摆脱对金沙赴会、骨肉分离惨况的描绘，在信息上仍然属于重复的。所以，放在设计铁镜公主行动上是可取的，能够避开信息的单调重复，也有助于突出这一新上场的人物形象。不过一问便直言相告，也过于直白缺乏戏剧性。因此，设计由铁镜公主来猜心事，在大体上是可取的，问题在于，铁镜公主所问是否与自身行动目的和剧情情境有关，问题与行动和剧情越密切，则问题就愈精彩。否则就为问而问，成泛泛之问了。

我们先来看本剧提供了哪些情境。在杨四郎的自述中，他所面临的情境压迫是非常尖锐的，两国交锋，老娘亲押粮草来到北番，有心去见亲娘一面，又身在北朝无法过关，暴露了身份则有性命之忧。

接下来看铁镜公主都猜了些什么：一猜母后将你怠慢，二猜夫妻们冷落少欢，三猜是否思念秦楼楚馆，四猜想另抱琵琶，五猜才终于猜到思骨肉不得团圆。我们能够看到，在前面《锁麟囊》的"春秋亭"和"三上轿"中，人物的每一次提问，对方的每次回答和反应，都能够给提问者以提醒，让他们依照自己的行动目的，更具有针对性地发问，直至上升到行动，在"春秋亭"中是"赠囊"，"三让椅"中是"报恩"，人物的每一问之间是有递进、顺序不可以颠倒、内容也不可以互换的。但在铁镜公主的五问中，很难看到彼此之间的递进关系——我们无法确定，夫妻们冷落少欢，比母后将你怠慢性质更严重，也不能够说，思念秦楼楚馆、别抱琵琶比嫌弃夫妻冷落少欢更严重，因为看起来这三者性质是相同的，属于重复发问；我们也看不到这五个答案中的逻辑关系，为何从不是母后怠慢、不是夫妻少欢、不是秦楼楚馆的答案中，突然就推理出他是思念骨肉而不是别的呢？只能说铁镜公主运气好，她只是在一一排除，她并不确定丈夫是在思念骨肉，如果四郎仍然说"no"，她也会继续问下去。

从杨四郎看，在一开始，他尚且还有一定的行动目的，他想去见娘亲一面，但没有令箭，无法过关，此时他是一筹莫展的。铁镜公主来了后，发现了他的悲伤开始询问。此时，对于铁镜公主的每一问，就算四郎在开场前没有明确的行动目的和行动方案，但在妻子开始发问后，四郎仍然没有产生强烈的反应和行动。不仅如此，他还仿佛突然将思念母亲的烦恼抛到脑后，专心一意地和铁镜公主"猜"起来，像两个没有心事、耽于安乐的少年夫妻。面对铁镜公主"是否母后怠慢"的提问，他只是淡淡地应"想太后，乃一国之主，慢说无有怠慢，纵然怠慢，焉敢怎样啊"，言辞中流露出些许不满，似是替天下受丈母娘干涉的女婿出头，然此不满与思念母亲没有任何关系，也即跟剧情没有关系。有再多的剧场反应，那又怎么样呢？第二问中，铁镜公主问"莫不是夫妻们冷落少欢"，杨四郎肯定双方相亲相爱，仍然止于回答，他没有因对方猜不中而焦急，更没有透露出更多信息。随后，铁镜公主颇不上路的第三猜"莫不是思游玩那秦楼楚馆"，又进而是"抱琵琶另想别弹"。这一问过后，倒是激得四郎哭了，但不是思念母亲的泪，不是公主猜不中而失望的泪，而是受了屈冤的泪——"屈煞本宫"了。相比四郎此时的行动态度模糊，倒是被公主猜中心事后、让公主先盟誓后吐真言的行动更有力和鲜明些。

再回到铁镜公主。因为问得没有质量，答得没有质量，因此提问者也无法得到进一步的启发，只能自嘲似地自我否定提问。如铁镜公主在丈夫初答与母后无关说，只得说："对啊！想我母后，乃是一国之主，你这女婿，又有半子之劳，别说没有些个怠慢的地方儿，就是有些个迟慢，还敢把她老人家怎么样呢？"在杨四郎否定夫妻不恩爱后，也只是解嘲地说"想你我夫妻，相亲相爱，怎么能够说是'冷落'二字呢"。既然自己知道是相亲相爱，为何又明知故问呢？当然，如果以此情节来表现铁镜公主天真烂漫、存心想逗乐杨四郎，似乎能说得过去，只是，在这样一出悲剧里，再悲喜调剂，也需要调剂得有质量、有冲突，铁镜公主的天真烂漫若唤起四郎的不耐烦，朝发现真相的方向发展，那是有价值的，否则就是为装傻而装傻，为发哕而发哕，为剧场而剧场了。

丈夫的回答没有给她更多提示，她的反应能促进剧情发展、促使人物行动、有利于冲突进展吗？答案是否定的。

再来看看叙事形式。从二人这段唱和念白来看，规整多于变化和丰富。整体采用白夹唱的形式，白多而唱少。对于每一项内容，叙事上都是由公主发问，而四郎否定，公主再发问，形式上较为单一。尽管手中怀抱的"娃娃"承担了插科打诨的功能，但此"娃娃"仅仅是被把尿的行为调剂了一下剧情，自身的存在没有激励、转变人物的行为，未能影响和改变剧情。若是四郎见铁镜公主疼爱儿子，从而想到自身见不得娘亲，忽喜忽悲，那么倒还给对方一些提示。或者，结合杨四郎前面所唱的两国交锋，铁镜公主提起杨家将之事，四郎紧张、激动，那也能给铁镜公主的"猜测"以更多提示，也能让观众更充分体会到四郎的压力与紧张。如果我们考虑到《四郎探母》后面，还要有四夫人的出场，那么铁镜公主似乎应该追问下对方在原郡是否有妻室，那么要求对方"起誓"还朝，就不仅仅有性命之虞，更可体现夫妻之情，更加的有的放矢了。

自然，演员精彩的肢体语言丰富了这段戏，但若此时对白更精彩些、发问更扣紧些剧情，想必也只会为演员的表演提供更大空间，而不是妨碍他们表演。换句话说，或许正是因为剧情的简陋，才迫使演员不得不丰富表演，但编剧绝不可因此便将丰富剧情的责任推到演员身上，自己只负责打酱油。戏曲和话剧一样，需要讲究集中的提炼，如果只是不加选择、未经提炼的自然状态的描绘，随随便便的创作态度，将就敷衍成篇，那又何德何能担负起"艺术"之名呢？

越剧《追鱼·双审》

[龟精与众水族嬉戏，忽见宝珠大放光芒。

龟　　（白）啊呀不好！贤妹求救放毫光，赴汤蹈火也敢上！

鲤　鱼　（上，白）参见众家兄妹！

龟　　（白）贤妹来到水府不知有何急事相告？

鲤　鱼　（唱）众位兄妹呀！金宠他，难辨牡丹假和真，请来包拯断
　　　　　　案情。小妹不怕原形显，　怕只怕，夫妻恩爱一旦倾。排忧
　　　　　　解难不容缓，特向兄妹讨救兵。

龟　　（白）贤妹不用惊慌，愚兄已有妙计在此。

　　　　（唱）贤妹，待我来变作黑包拯，

　　　　　　　　来一个面疙瘩调进浆糊盆，

　　　　　　　　闹它个真包假包辨不清，

　　　　　　　　包管你恩爱夫妻不离分，不离分。

水　族　（唱）张龙赵虎我等变，王朝马汉我们顶。

鲤　鱼　（唱）师兄妹相助显神通，鲤鱼在此谢深恩。

龟　　（白）贤妹请起！众家弟妹，待我们速速变来。

水　族　（白）是！

龟　　（白）为打不平，龙潭虎穴不辞劳。

　　　　　　　说什么阎罗王，讲什么老包，

　　　　　　　阎罗王，老包也得把是非断好。

岂可把萝卜白菜一锅熬，一锅熬。

水　族　（白）龟大哥，老包他们打到金府去了。

　龟　　（白）嗳，待我们抢前一步。

水　族　（白）好！

　龟　　（白）张龙、赵虎、王朝、马汉！

水　族　（白）有！

　龟　　（白）启道！

　　　　　［金宠府上。

家　人　（白）禀相爷，包大人到！

金　宠　（白）快快有请！

家　人　（白）是！有请包大人！

　　　　　［龟率众水族假装包拯上。

金　宠　（白）包大人！

　龟　　（白）老相爷！

金　宠　（白）请坐！

　龟　　（白）请！请坐！

金　宠　（白）为了小女之事，烦劳大人真是感恩不尽。望大人判明
　　　　　真假，斩除妖孽。

　龟　　（白）相爷待放宽心，老包自有判断。

金　宠　（白）多谢了！

家　人　（白）相爷！外面又来了一位包大人。

金　宠　（白）啊！请问大人朝中有几位包大人？

　龟　　（白）只此一包并无二包。

金　宠　（白）是啊！怎奈刚才家院报道，又有包大人到。

　龟　　（白）啊！那来的只怕是草包。

金　宠　（白）包大人请至别院！

龟　　（白）嗯！请！（下）

金　宠　（白）请！有请包大人！

家　人　（白）是！有请包大人！

包　拯　（上，白）老相爷，大人莫非有慢客之意？

金　宠　（白）老夫怎敢慢客，怎奈是先来了一位包大人。

包　拯　（白）包大人，包什么？

金　宠　（白）包拯！

包　拯　（白）包拯！大宋朝哪里来的两个包拯？

金　宠　（白）是啊，是啊！老夫也好生奇怪，只奈这位包大人与大
　　　　　　　人衣冠面貌一般无二啊！

包　拯　（白）竟有此事，请来相见！

金　宠　（白）噢！有请包大人！

　　　　　〔龟上，与包拯照面。

包　拯　（唱）一见此妖心头恼。

　龟　　（唱）见了真包暗好笑。

包　拯　（唱）他竟敢以假乱真把相府扰。

　龟　　（唱）今日假包要斗真包。

包　拯　（唱）你是何方妖孽胆敢称包？

　龟　　（唱）既有双牡丹，就有两老包。

包　拯　（唱）你可知鱼龙不相同，真假难混淆；

　龟　　（唱）有道是无风不起浪，风急浪也高。

包　拯　（唱）堂堂相府怎容你惊扰，

　龟　　（唱）闲事莫多管，回家去睡大觉。

包　拯　（唱）慢说人间短和长，
　　　　　　　就是那地府阴曹我都管到！

　龟　　（唱）纵然你打破沙锅问到底，

这其中奥妙你怎知晓？

金　宠　（白）二位大人，不要为了小女事，伤了二位大人的和气。

包　拯　（白）哼！与那妖怪有什么和气？

龟　　　（白）凡事要平心静气。

金　宠　（白）是啊！还望二位大人判明真假。

包　拯　（白）老包自有判断。来，升堂！

龟　　　（白）来，升堂！

包　拯　（白）来，把牡丹带上！

龟　　　（白）来，把牡丹带上！

鲤鱼和牡丹　（上，白）叩见大人！

龟和包拯　（白）金牡丹相见！

包　拯　（白）为何两人应声？

龟　　　（白）为何两人应声？

鲤鱼和牡丹　（白）学奴家应声的乃是妖精。你是妖精，你是
　　　　　　　妖精……

包　拯　（白）休得争吵，从实地讲来。

龟　　　（白）休得争吵，从实地讲来。

鲤鱼和牡丹　（白）大人容禀！

　　　　　　　（唱）未开言，珠泪淋。玉和石，分不清。

包　拯　（白）不要啼哭，慢慢地讲来。

鲤鱼和牡丹　（唱）大人！我本是相府一千金，

　　　　　　　　　与张珍幼年订婚姻，

　　　　　　　　　只因他父母双亡故，

　　　　　　　　　我爹爹留他在碧波潭畔攻诗文。

　　　　　　　　　谁知他蓦地闯入花园内，

　　　　　　　　　他竟敢与奴相会叙衷情。

我爹爹将他赶出府，

众家丁将他追回门。

谁知他，带了一个妖怪来。（白）你是妖精，你是

妖精……

包　拯　（白）那厢带过来。

龟　　（白）那厢带过来。

鲤鱼和牡丹　（唱）与奴家一样衣衫一样裙，

丫环使女难分辨，

我生身爹娘也认不清。

她一样到花园焚宝鼎，占绣楼，走神针，

鱼目竟将珠玉混，

望大人，明镜高悬判假真，哎呀大人呀！

包　拯　（白）她二人俱是一样口供。

龟　　（白）老黑，你自称包拯，竟连这点小事情都审问不清。且

看我的，来呀！带张珍！

张　珍　（白）叩见大人！

包　拯　（白）张珍！

张　珍　（白）学生在！

包　拯　（白）你知罪不知罪？

龟　　（白）张珍，你知罪不知罪？

张　珍　（白）啊！大人，学生不知罪。

包　拯　（白）张珍，你身为秀才，父母双亡既蒙老相爷收留，理当

埋头苦读，力图上进，怎么竟敢闯入花园做出越礼之事。

既被老相国赶出府去，又与牡丹小姐长街观灯，以致花妖

月鬼扰乱相府，祸从你起如何容得。来，将张珍秀才革去

推下去重责四十大板！

张 珍 （白）且慢！大人，学生有辩啊！

包 拯 （白）讲！

张 珍 （唱）大人啊！望大人，免用刑。听张珍，诉原因。我与牡
丹既为夫妻名分定，花园约会也常情。相爷说我寡廉鲜耻
辱斯文，分明是他爱富嫌贫要欺张珍。

包 拯 （白）相爷虽有不是，也是你行止有污。休得多言，与我推
下去，重重地打！

鲤 鱼 （白）张郎！

张 珍 （白）娘子！

鲤 鱼 （唱）人说包拯为官清，

　　　　　却原来他偏听不公正。

张 珍 （唱）清白无辜要受刑，

　　　　　这天大的冤屈何处伸。

包 拯 （唱）见此情，暗思忖。

　　　　　　　一样貌，两样心。

　　　　　　　一个是抱头痛哭，

　　　　　　　一个是默默无声。

　　　　　　　适才包拯假用刑，

　　　　　　　真和假已自分明。

龟 （白）老黑，谁真谁假，难道你还分不清楚吗？

包 拯 （白）哼！一声动刑令，真假已分明。

龟 （白）那哭的

包 拯 （白）是假，

龟 （白）那不哭的

包 拯 （白）是真。

龟 （白）不对，那哭的是真，不哭的是假。

包　拯　（白）错了，那哭的是假，不哭的是真。

　龟　　（白）老黑，谁是假谁是真，不问别人问张珍。

包　拯　（白）张珍，哪个是真哪个是假？容你细细地讲来。

张　珍　（唱）大人啊！公堂对簿审双胞，

　　　　　　　真伪焉能两混淆。

　　　　　　　若说案情由我起，

　　　　　　　真与假我不知晓，谁知晓？

　　　　　　　常言道相亲相近人之情，

　　　　　　　作怪害人方为妖，

　　　　　　　她俩容颜虽相同，

　　　　　　　真情假意我明了，

　　　　　　　一个是书馆夜探送欢娱，

　　　　　　　一个是花园捉贼施奸巧，

　　　　　　　一个是观灯释误慰知音，

　　　　　　　一个是公堂受责她冷眼瞧。

　　　　　　　这牡丹待我情义似山重，

　　　　　　　心似花容与玉貌。

　　　　　　　那牡丹薄情寡义无人情，

　　　　　　　心似寒冰空有貌。容颜难分两牡丹，

　　　　　　　情字能别人与妖。

　　　　　　　助人是人，

　　　　　　　害人是妖。

　龟　　（白）对呀，老黑，你听清楚没有？我说这哭的是真，你偏
　　　　　　说是假，好一个糊涂的老包！

包　拯　（白）张珍，你休要妖迷心窍，这是假牡丹，那才是真
　　　　　　牡丹。

张　珍　（白）啊呀，不，大人，这是真牡丹，那才是假牡丹。

包　拯　（白）休得多言，把张珍带了下去。

张　珍　（白）大人，你真假颠倒。你这个包大人不公，大人
　　　　　　　不公……

牡　丹　（白）爹爹!

金　宠　（白）我的亲生女儿! 包大人认出了我的女儿，你才是真正
　　　　　　　的包大人。儿啊，快来谢过包大人。

牡　丹　（白）唉呀! 爹爹，他是假的。

　龟　　（白）她是真的，你才是假的。

牡　丹　（白）大人，她是假的，假的，假的!

包　拯　（白）来，呈上斩妖剑!

　龟　　（白）老黑，你可不要胡砍乱斩，杀了假包不要紧，杀了真
　　　　　　　包那还了得!

包　拯　（白）哼! 谁是真包，谁是假包?

　龟　　（白）案子断得明的就是真包，案子断不明的就是假包!

包　拯　（白）老包哪一件案子断得不明?

　龟　　（唱）老黑! 你不见两个娇娘两样心，

　　　　　　　　　其中是非不难分。

　　　　　　　　　爱富嫌贫应惩罚，

　　　　　　　　　情深义重该同情。

　　　　　　　　　你若乱挥斩妖剑，

　　　　　　　　　岂非是三缸清水六缸混。

　　　　　　　　　今日我纵然剑下把命丧，

　　　　　　　　　我也要痛快快的骂你一声——

包　拯　（白）骂我什么?

　龟　　（唱）骂你是不分是非，不辨皂白，枉称青天的糊涂包拯!

包　拯　（唱）啊！假老包一席话里真情长，

　　　　　　　　我老包却成了糊涂相。

　　　　　　　　审案不把是非断，

　　　　　　　　我要判明人妖为哪桩？

　　　　　　　　小张珍，丧爹娘，

　　　　　　　　远投亲，到汴梁。

　　　　　　　　金宠在朝为首相，

　　　　　　　　怎看得起穷酸潦倒的白衣郎？

　　　　　　　　碧波潭畔念文章，

　　　　　　　　引动妖仙化娇娘。

　　　　　　　　真牡丹是嫌贫爱富女，

　　　　　　　　假牡丹倒有好心肠。

　　　　　　　　若将真假强分辨，

　　　　　　　　要拆散人间好鸳鸯。

龟　　　（白）有道是情真即真，情假即假。

包　拯　（白）罢！可叹茫茫环宇，有情者不全是人，无情者不全
　　　　　　是妖。

龟　　　（白）老黑，这真中也会有假。

包　拯　（白）噢！那你是假中有真罗！

龟　　　（白）此案真真假假，假假真真。

包　拯　（唱）啊！老包作事向公正，

　　　　　　　　岂能够袒护权贵为虎作伥。（白）来，带张珍！

张　珍　（白）大人！

包　拯　（白）张珍，本堂今日赦你无罪，容你辨出陪牡丹小姐一同
　　　　　　回归故里。

张　珍　（白）多谢大人！

鲤　鱼　（白）张郎！

龟　　　（白）包大人，包青天！……来啊！打道回府，我们去了。

包　拯　（白）相爷，相爷到哪里去了？

金　宠　（白）包大人，妖孽可曾斩了？

包　拯　（白）相爷，老包，宝剑虽利，不斩无罪之妖。来人，
　　　　　　　起道！

金　宠　（白）老黑，你不理此案难道我就罢了不成。有了！待我奏
　　　　　　　明圣上降下诏旨，命张天师捉拿此妖便了！

评析

本剧系安娥根据康德改编的湘剧本移植整理。

人们对越剧的印象，通常停留在阴柔、多情上，而《追鱼》里面的"真假包公"一场，则兼具了阳刚之美和诙谐之趣，在叙事上也非常有戏曲特色。

在真假包公正式断案前，有一个鲤鱼向乌龟求救、乌龟当场变成包拯的小片段。这个片段的选择是非常精巧、经济的，因为金宠派人去请真正的包拯，这个片段趣味不多情节也平平，是以用暗场表现就已足够。而去请乌龟、一干水族当众变身，情节精彩、有趣，用暗场则意味顿减，纵然再三强调"我等是乌龟所变"，故事交待也不清不楚，难以让人信服。再者，人物肢体语言丰富、舞台形象美观，本身也是戏曲选取情节的一个重要标准，所以，乌龟的变身用明场表现为佳。按照戏曲常规，精彩丰富的水族场面势必要有一定载歌载舞的表演，在鲤鱼求助之前不免让水族歌舞一番，此片段无形中会被拉长，但若过长，又节外生枝、干扰主要剧情了。所以在这个片段中，乌龟和一干水族与鲤鱼仙子相见，其对白采用的是"念"而非"唱"，使得节奏大大加快，经济简练，同时又避免越剧

偏于阴柔的唱腔冲淡水族身上的动物特征和神性。可谓不卖弄、不张扬、恰到好处，该简则简，详略得当。

真假包公先后到场后，则用了大量笔墨去写这一对包拯。不但戏开场是他们，结束也是他们，其繁复又不同于先前的简略。

首先是假包公到金宠府上，然后是真包公。这一设计很有讲究，因为如果真包公先到，以人物耿直、较真的性格，势必听说另一包公到场后，不能接受金宠"让入书房"的决定，这样一来，假包公和金宠的戏不能够展开，冲突进入得过快，显得太过仓促。所以只得安排假包公先上。假包公的换装在此场之前就已当场完成，所以，让假包公先上也具备舞台条件。这一段叙事虽是小节，但也安排得有条不紊，很有看头。

假包公先到后，不明就里的金宠问"朝中有几位包大人"，乌龟机智诙谐地回答"只此一包并无二包"，又说"那来的只怕是草包"，寥寥几句问答，刻画出两个人物不同的性格，一个透出凡人昏庸、糊涂，一个则是"巧机关"的神仙，回答有着神仙特有的超然和飘逸，还有龟精的幽默和侠义。

包拯出场也颇具性格，上来就质问"莫非有慢客之意"，"大宋朝哪里来的两个包拯"，居高临下、盛气凛然，是一个功劳簿上功劳日多，内心中颇以自己的正气、正义自居的正人君子。唯有这样的包拯，他后面幡然悔悟才显得格外难能可贵、令人钦佩。或许，此剧选包拯而不选其他历史人物，原因正在于此吧。历史上没有人正确、正义、铁面能跟包拯比，而这样一个人物，在"情"与"理"之间徘徊，并最终克服自己人性的弱点，有情又有义，既嫉恶如仇，对动物妖怪都颇具同情，极大丰富了包拯的形象，可敬又可爱。

两位老包见面，全剧的高潮冲突正式展开。

先是真假包公的冲突，一番唇枪舌剑，互不相让；这是预想到的，双方必定得有这个冲突阶段。然而，高就高在这段叙述中，编剧紧扣人物的性格身份去写唱词和冲突：包拯是"一见此妖心头恼"，乌龟恰恰是"见了真包暗好笑"；包拯斥责对方"你是何方妖孽胆敢称包"，乌龟话里有话说"既有双牡丹，就有两老包"；包拯继而说"真假难混淆"，乌龟答"风急浪也高"；包拯说理说不过，只好搬出道德律条，说"堂堂相府怎容你惊扰"，乌龟的挑衅则更上一个台阶"闲事莫多管，回家去睡大觉"；包拯无奈之下，有些"蛮横"地说"地府阴曹我都管到"，乌龟干脆揭穿了画皮"其中奥妙你怎知晓"。乌龟对老包早成竹在胸，所以从容不迫、软中有硬，以"假包要斗真包"、"既有双牡丹，就有两老包"加以调侃；而包拯则像凡人一般乱了阵脚，板起脸来斥责、吓唬，不仅无济于事，反倒显得自己声嘶力竭、狼狈不堪了。虽然不过是人物的争吵，冲突却能步步升高，其成功之处在于编剧对人物形象有着清晰定位，两个人的行动和心理相映成趣，包拯是刚中见虚，乌龟是绵里藏针，互相"对衬"着来写，抓住其中一个，则另一个也就不言而喻了。

如果让两个老包继续吵下去，那么不仅是老包，恐怕作者都要没有话说了。因此，接下来借助于具体的事件，继续展现二人的冲突。一则照应主要情节，二来也是冲突的丰富。这个事件自然是审问真假牡丹。两个牡丹一样口供，假牡丹把真牡丹学得惟妙惟肖，真包无可奈何，假包提出带张珍。这是冲突的又一转折和丰富。包拯采取了新行动，借"打张珍"来测试两位牡丹真假，结果一哭一不哭。在判断真假上，两包又起了冲突，假包认为哭的是真，指的是"情之真"，而真包固执地认为不哭的是真，因为真正的牡丹小姐与张珍并无逾礼相约，自然是守闺阁之训不动心的了。两人相持不下，乌龟提出问张珍，这又是一招妙棋，因为张珍的回答与真包的相违。这又激出真包更激烈的行动，要拿斩妖剑除妖，冲突到了剑拔弩张的地步，观众都捏了一把汗时，假包挺身而出，一句"案子断得明的就是真包，案子断得不明的就是假包"提醒了真包，百姓心中崇敬的，不是包拯这个名字，而是包拯的作为若是公正，那么无论叫不叫包拯，在百姓心中就是真包；如果不公正，那么即使名字叫包拯，也不是百姓心中想要的包拯。

在本场中，共有两条冲突主线。一条是真假包拯的冲突，一条是真假牡丹的冲突。真假包拯的冲突是外在框架，它的发展、上升通过真假牡丹和张珍的冲突来体现，冲突有多个回合，在不同回合中，冲突双方各占上风：真假牡丹上堂时，鲤鱼精扮演的假牡丹浑水摸鱼弄得真假不分，此时假牡丹占上风，假老包也占上风；假老包指出唤张珍上场，但假老包尚未对张珍采取措施之时，真老包抢先一步，命人拷打张珍，根据两位小姐的动心与否，得出孰真孰假，是真老包占了上风。假老包让张珍来分辨真假，真老包则拿出斩妖剑。看下来双方行动你一招我一式，咬啮得非常紧。但实际上，就冲突的激烈而言，未必行动、反行动紧紧相扣效果最好，可能一方数个行动后，另一方才有反击，而这反击极有可能是绝地反击，让看似有了定向的剧情发生反转，反而更精彩好看。在行动的处理上，本部分情节有个小小的遗憾。这遗憾就出在假老包在占了上风之后，命唤张珍上堂，本应是乘胜追击、彻底鱼目混珠之机，但编剧却安排了真老包先采取了责打张珍的动作——因为对方没有机会采取进一步行动激化矛盾，所以老包此举也算不上绝地反击，张力有些弱了，精彩上稍逊，双方的行动虽然咬啮上了，但有些牵强。若是让假老包唤出张珍，让张珍说孰真孰假，两个牡丹反应不一，张珍正有所决断时，真包受假包此举启发，将计就计，突如其来地拷打张珍，来测试两位牡丹的真假，势必让观众、假老包都措手不及，多捏了一把汗，戏剧情境的危急感更强。而张珍也在此测试中，找到了真正知音，并拼死护卫。最后再让龟丞相来点醒真包，那么，剧情会更摇曳多姿一些。因为这样一来，龟丞相不再是一成不变的胜券在握，它的唤张珍上场是得意、冒进，是它的弱点也是它的可爱。张珍认妖的举动，一开始或稍有犹豫，但当牡丹拼死护卫后，他便拿定了主意，体现在具体行动上，那就是包拯拿出斩妖剑时的休戚与共。也就是说，在假老包略占上风后，由张珍顶上抵抗一番，给假老包谋划的时间。张珍抗诉打动老包后，假老包再以"有情者不全是人，无情者不全是妖"来点醒真老包，让后者由内至外彻底变"真"，思想境界各上一层。

但无论如何，想到以真假包拯来丰富真假牡丹，并且以颇多笔墨来描写真假包拯，是这场戏编剧上出神入化之处。常规观念看来，应当紧扣真假牡丹和张珍，尽量减少两位包拯的戏份，在他们判出真假后，就应该下场，把篇幅让给后者，让后者抒发别情也可以、让张珍怒斥真牡丹也可以，但此处理平平且较单调，有描画过度之嫌。借助真假老包的争论，剧情宕开一笔，却仍然围绕着中心人物和情节，因为他们讨论的不是别事，而是牡丹之真假，顺便借假老包之口传达了普通百姓对此事的置评，对世上为官作宰者进行了善意的教育。所以写戏自然要围绕中心情节和中心人物，但不可只塑造中心人物，以致干瘪贫血，其症结在于想象力匮乏、技术单调。

除了编剧方面的以上优点，该剧唱腔流利酣畅，唱念结合恰当，未有以唱拖累叙事的地方。

越剧《碧玉簪·三盖衣》

[王玉林与李秀英同坐房中。

王玉林　（唱）母亲她其中情由不明白，

　　　　　　她定要拉我上楼来！

　　　　　　今日她回转娘家去，

　　　　　　他二人是有约在先私情会，

　　　　　　我以为她定在娘家住一宿，

　　　　　　我就可以一封休书将她退！

　　　　　　谁知她原轿去又原轿回，

　　　　　　倒使我留难留来退难退！

　　　　　　呀！像你这样不贤不德下贱女，

　　　　　　有何面目到王家来。

　　　　　　我今夜再忍雷霆怒，

　　　　　　坐等天明下楼台。

李秀英　呀！

　　　　　（唱）谯楼打罢二更鼓，

　　　　　　官人他独坐一旁不理我，

　　　　　　我自从嫁到王家有一月多，

　　　　　　真好比口吃黄连我心里苦。

　　　　　　那婆婆拉他上楼来，

总指望我们夫妻从此可和睦。

谁知他怒气冲冲独自坐,

他是不理不睬恶摆布。

我不明不白受委屈,

可怜我有满腹的委屈向谁诉?

枉费了婆婆一片心,

看起来今世夫妻难和睦!

耳听得谯楼打三更,

夜已深那人已静,

见那冤家他身上的衣衫多单薄,

他今夜岂非要受寒冷。

我若是叫他去安寝,

那冤家是定不见好意他反见恨。

要是他受了风寒成了病,

叫秀英如何能安心?

噢! 有了。

我还是取衣与他盖,

免得我官人他受寒冷。

我战战兢兢将衣盖,

那冤家平日见我像仇人,

吓得我不敢去近身。

想秀英并未待错他,

他为何见我像眼中钉?

像他这种负心汉,

我还有什么夫妻的情!

我不顾冤家自安睡,

想起了婆婆老大人。

冤家他枉读诗书理不明，

那婆婆她待我像亲生。

更何况王门唯有他单丁子，

冻坏了官人要急死了婆婆老大人，

我还是拿衣与他盖，

想起往事心头恨。

想我秀英自从嫁到王家，一向礼仪周到，并无过错，谁知道这冤家他无缘无故竟将我当作仇人，想今日乃是我满月之期，理该回转娘家母女团聚，这冤家他不知道安下了什么心计，他要我原轿而去，原轿而回，害得我母女痛哭而别。冤家呀冤家！世界上哪有你……

（接唱）世界上哪有你……你……你这样不通情理啊！

我爹娘爱我似珍宝，

这冤家他当我路边草！

他竟这样对待我，

我任凭这冤家他冻一宵！

我还是将衣衫藏笼箱，

猛想起于归之期娘训教！

想我出嫁之时，我母亲她再三的教导，到了王家要孝顺公婆，敬重丈夫。想今夜天气寒冷，我若不与他盖衣，倘被旁人知道，要骂我秀英礼仪不周，还要怪我父母养女不教！

（接唱）爹娘啊爹娘！

你叫女儿如何是好？

娘啊！难进难退我李秀英，

今夜叫我如何好？

啊……娘呀，娘呀！

曾记得那日爹爹做大寿，

母亲你上楼喜讯报，

说道是已将女儿终身许，

是郎才女貌结鸾交。

说玉林这也好他那也好，

说玉林貌也好他才也高。

我是口不应声心欢笑，

但只望洞房花烛早日到，

谁知道进了王家事颠倒，

我夫妻似仇情义少，

自出娘胎十八载，

这样的苦楚我是受不了。

啊天哪！

还是我爹娘错配婚?

还是我秀英命不好?

娘……啊！

忽听得谯楼打四更，

见冤家浑身颤抖他身寒冷。

我若不将衣衫盖，

他如何坐等到天明。

冤家呀，你虽没有夫妻情，

我秀英待你是真心，

我手持衣衫上前去，

盖罢衣衫我心安宁。

王玉林　醒来！醒来！

李秀英	官人!
王玉林	我来问你，这件衣衫是你替我盖着的？
李秀英	啊，是啊，是我盖的。
王玉林	盖得好，上来有话。
李秀英	官人!
王玉林	呀！你把女人衣衫盖在我的身上，要想害我一世功名不得成就，你好狠的心肠!
春 香	小姐!
陆 氏	阿林!
春 香	小姐!
李秀英	婆婆!
陆 氏	媳妇!
李秀英	啊……

评析

本剧蓝本由马潮水根据《李秀英宝卷》和《碧玉簪全传》等书，再参照婺剧《碧玉簪》的情节编成全剧，后由华东戏曲研究院编审室根据越剧旧本及振奋越剧团演出本整理，弘英执笔。

中国戏曲的时空是流动的，而这时空的流动恰恰是为了情节的集中。在戏曲中，以"数五更"的形式概括、浓缩一夜的时间，也是集中时间从而突出叙事重点的一种方式。京剧《文昭关》和京剧《坐楼·杀惜》中，都有人物夜不能寐、急等天亮的情节。

子 胥	（西皮快板）

　　　　过了一天又一天，

　　　　心中好似心中好似滚油煎。

　　　　腰间空悬三尺剑，

不能报却父母冤。

（白）俺伍员指望与吴国借兵，谁知昭关难过，幸有东皋公方便，将我留在后花园中。一连七日，未见计出，思想起来，好不焦躁人也。

子　胥　嗳爹娘呀。（二黄正板）

　　　　一轮明月照窗前，

　　　　愁人心中似箭穿。

　　　　时指望到吴国借兵回转，

　　　　又谁知昭关有阻拦。

　　　　幸遇东皋公行方便，

　　　　他将我隐藏在后花园。

　　　　一连七日我眉不展，

　　　　夜夜何曾得安眠？

　　　　我好一比丧家犬，

　　　　满腹含冤对谁言；

　　　　思来想去我的肝肠断　（转唱原板）

　　　　今夜未过又盼明天。

　　　　［场上打二更介。东皋公上。

皋　公　（二黄原板）

　　　　一夜漏声催晓箭，

　　　　月移花影上栏杆。

　　　　吹灭了灯光窗前站，

　　　　且听愁人口中言。

　　　　［场上打三更介。

子　胥　（二黄原板）

　　　　心中有事难合眼，

翻来覆去睡不安。

背地里只把东皋公来怨，

叫人难测巧机关。

你若是真心来救我，

为何七日不周全。

贪图富贵将害我，

你就该将我献与昭关，

哭一声爹娘难得见，难得见。

爹娘啊，要相逢除非是梦里团圆。

［场上打四更介。

皋　公　（二黄原板）

听罢言来心内酸，

铁石人儿闻也泪涟。

背地里只把老汉怨，

袖内机关他怎参？

救人如把弥陀念，

明日保他过昭关。

［东皋公下，场上打五更介。

子　胥　（二黄原板）

鸡鸣犬吠五更天，

越思越想心伤惨。

想当年在朝为官宦，

朝臣待漏五更寒。

到如今夜宿荒村院，

冷冷清清向谁言。

哎，我本当拔宝剑自寻短见，自寻短见，爹娘呀。

爹娘冤仇化灰尘，

对天发下宏誓愿，

不杀平王我的心怎安。

此处的"数更"分别由两人轮流来唱，又使用"隔壁戏"的技巧，使东皋公听到伍子胥的忧愁所在。此处，略过的是时间，突出的是双方心理的变化，双方的冲突属于误会性冲突，不是真正的冲突。当然，在这段情节中，最需要突出的是伍子胥一夜须发尽白和东皋公为助他过关的东奔西走，因为须发尽白让伍子胥面貌与图像上有了差异，东皋公近日来又说服好友皇甫平相助，最终瞒天过海、李代桃僵，让伍子胥顺利过关。至于要不要表现人物须发皆白的过程，要不要伍子胥数五更，似乎并不重要。此处人物的数更，也似乎承袭多于创造，其他剧本中有此情节，此处也不妨拿来借用。但是，应该说，借用是十分恰当的，因为从戏曲擅于以唱段形式表现人物内心冲突出发，伍子胥性命攸关之际，内心确实有所思虑，那么将这种思虑与一夜未眠、须发皆白结合起来，是妙然天成的。只是，伍子胥的内心活动尚嫌粗疏，他扣紧了一般英雄有家难回、有冤难报的内心活动，却未能突出伍子胥这一能做出鞭尸先王、挂睛城门的"狠角色"的性格特征，唱词"朝臣待漏五更寒"、"听罢言来心内酸"也大路化了些。

在京剧《坐楼·杀惜》中，也有由宋江和阎惜娇轮流数更、表现双方心理活动的情节。他们的冲突属于不可调和的性质，其内心不仅是抱怨，还有上升到行动的可能：

宋　江（二黄平板）听谯楼打罢了初更时分，

忽然想起狗贱人。

我本当将她来搂抱，

（白）嗳！

（二黄平板）公明岂是下贱人，啊，下贱人。

（起二更鼓。）

阎惜姣　（白）呀！

（二黄平板）听谯楼打罢了二更时分，

那一旁坐定了有情之人。

我这里上前来将他搂抱，

（白）嗳！

（二黄平板）我惜姣岂是那下贱之人，嗳，下贱之人。

（起三更鼓。）

宋　江　（白）嗳！

（二黄平板）三更三点月正明，

越思越想越愁人。

这里一刀要你的命，

［宋江取刀，作刺状，收起。

宋　江　（白）嗳！

（二黄平板）大丈夫做事三思而行，啊，三思而行！

（起四更鼓。）

阎惜姣　（白）呀！

（二黄平板）听谯楼打罢了四更时分，

惜姣起下杀人心。

我这里将他来刺死，

［阎惜姣取剪刀，作刺状，收起。

阎惜姣　（白）嗳！

（二黄平板）惜姣做事要三思行，嗳，要三思行！

（起五更鼓。）

处理得当的内心活动，要能够上升和引起外部行动。在京剧《文昭关》中，伍子胥的内心活动被东皋公得知，从而对方如实相告事情的进展。在京剧《坐楼·杀惜》中，人物对对方又恨又爱，爱不过是一时兴起的色欲，恨却是要置对方于死地。每一个人物的自述中，都有发现和突转。如"数一更"时，宋江想要与惜娇重归于好，又想起"公明岂是下贱人"，最终没有发出示好的邀请。阎惜娇"数二更"时也是如此。在"第三更"中，宋江想要杀了阎惜娇，又因做事要"三思而行"罢手，四更时阎惜娇也是如此。这里人物的内心活动，引发了示好的可能，又因内心的转念，影响了示好的实施。而没有成功实施的示好，又引起人物内心的憎恶，是一个内心活动与外在活动互相影响的样例。这一例中令人遗憾的，仍然是唱词的性格化、清晰化不足。如三更时，宋江从"越思越想越愁人"到突然要"这里一刀要你的命"的突转就缺乏过渡。

与以上二例相比，越剧《三盖衣》中主人公的内心和性格则要清晰很多，而其成功原因所在，是因为与具体情节、细节的结合紧密，不是泛泛而论。如女主人公李玉英开场就回忆了嫁到王府三月的感受，不明不白受丈夫的冷言冷语、恶行相待，但婆婆却对她体贴、照顾，是以看到丈夫受冷，虽然恨他无情，却担心他受到风寒，是以取衣与他盖。然而盖衣时，又想起他的恶行，欲待不盖自顾去睡觉，这是一盖衣；二盖时，想起婆婆对自己知冷知热，欲取衣与他遮体，又想起回门时丈夫"原轿去原轿回"的无礼与羞辱，又欲将衣放回箱笼，这是二盖衣；三盖衣时想起父母的教训，怕父母会有"养女不教"之讥，是以欲取衣盖，回忆起父母许亲、订亲时的情景，只道玉林种种好，却不料过门后受此大辱。人物回忆至此，情绪也到高潮，随着四更鼓响，女主人公终于下定决心，对方纵然无情，自己也要有义，决定为其盖衣。在这三次盖衣的行动中，主人公都有一个"犹豫"到"盖衣"的过程，决定这一过程的是对往事具体的回忆。在每次盖衣中，回忆的内容皆不相同，但却围绕二人订亲、婚后的回忆，这种回忆的内容符合新婚少妇的生活常识，也符合人物大家闺秀的身份——不给对方盖，是因对方前面过于凶蛮，怕遭到责骂，因为对方对自己不公平，这是人之常情，非常合理。给对方盖，是因为家庭教养，因为孝敬婆婆，因为担心他受冷，因为毕竟结为夫妻。女主人公识大体、有教养又有个性、爱憎分明的形象跃然纸上。

京剧中也有《碧玉簪》一剧，其中也有"盖衣"一段情节，与越剧相比高下立见：

张玉贞　（起，看赵启贤睡）他还是不发一言！想我有何愧对于他？无端受此欺侮，这是甚么缘故哇——哦，是了。莫非他早与旁人有了白头之约，不愿与我成婚配不成么？——左思右想，教我实在无从猜测也！

[南梆子] 莫不是听谗言将人错怪，

　　　　　莫不是嫌貌丑有口难开；

　　　　　莫不是另藏娇无心纳采；

　　　　　倒叫我费心思难以详猜！（感冷）

夜静更深，身上顿觉寒冷。我看他一人谁在外边，衣裳单薄，若任他在此睡这一夜，岂不要冻坏了吗？（看衣，取衣）待我取衣服与他盖上才是。(又止)像他这样无情无义之人，我还管他甚么！（摇首）不必了。——话虽如此，我既然与他成为婚配，难道就看他冻这一夜不成？还是与他盖上才是——（又止）他既待我如仇人一般，我若与他盖上，他反说我有心挑动于他，岂不是自讨无趣么？不必了！（更鼓，欲睡，风声，再起）我想婆婆只此一子，她老人家又待我甚好，我既然与他成为夫妻，眼前纵有些误会，日后定必水

〇83

落石出；此时若是将他冻坏，终身又倚靠何人呢？——看在婆婆面上，与他盖上就是——（欲盖）哎呀，他与我未交一言，蓦生生的男女，我无端体贴起来！这羞人答答的如何是好！（四更）

[南梆子] 夜深沉秋风起逼身寒冷，可怜他独自个睡梦昏腾。

他虽是待奴家十分薄倖，总算我张玉贞名义夫君；

况且是老夫人一心爱疼，怎能够听凭他冒冻伤身！

我不免取衣衫与他盖定！（行弦，赵启贤翻身，张玉贞急退）

女儿家这举动怎不羞人！（将盖又止，盖上）

此种"盖衣"也有三番两次的纠结与反复，只是不用唱而用念白。考虑到京剧程式较越剧严谨、念白有助于节奏明快的前提，姑且认可用念白而非唱段处理的话（其实用唱段处理也未尝不可），我们来看一下京剧里面张玉贞的心理活动历程：盖，因怕他受冷；不盖，因他无情无义。这是一盖。二盖，已经成婚配；不盖，怕他醒来说我勾引他。这是二盖。三盖想到婆婆待自己很好，况且冻坏了丈夫，终身倚靠何人？在盖衣时，又想到陌生男女、羞人答答。与越剧相比，人物没有具体的订亲、成亲、婚后的回忆，而仅用"无情无义"四字概括，缺乏感人的力量。而左右张玉贞盖衣的动作中，除了封建礼教的"已成婚配"、"挑动于他"外，竟然还有"终身何靠"等实际利益的打算，不得不说，这有损于女主人公的人物形象，使之与越剧《三盖衣》中李玉英得体端庄、有血有肉的大家闺秀形象相距甚远。

越剧《碧玉簪·送凤冠》

〔众人坐场上，王玉林捧凤冠上。

王玉林 （唱）今朝得遂凌云志，

好将凤冠送我妻。

夫人啊，劝妻休要将我怨，

且听玉林来相劝，

当初是奸人设计陷害你，

如今是水落石出已明冤，

那媒婆下狱文友死，

我是真心悔过赎前愆。

夫人啊，过去之事休再提，

请夫人快受官诰拉凤冠。

李秀英 （唱）你不要多言多语多相劝，

害得我多思多想多辛酸！

怪爹娘错选错许错配人，

配了你这个负情负义负心汉！

你不该不声不响不理睬，

你为什么瞒书瞒信瞒玉簪？

我主婢受苦受难受到今，

害得我是哭爹哭娘哭伤肝！

〇85

既然你是大富大贵的大状元，

你就该娶一个美德美貌是美婵娟。

春　香　当初要是没有我家小姐替你盖上那件女人的衣衫，我看你
　　　　呀，也中不了这个状元！

李廷甫　你跪下则甚啊？起来！

王玉林　多谢岳父。

李廷甫　秀英儿啊！

李秀英　爹爹！

李廷甫　（唱）你莫记前仇莫记冤，

　　　　　　　　且听为父言相劝，

　　　　　　　　玉林高中已回头，

　　　　　　　　你理该承受皇恩接凤冠。

李秀英　（唱）爹爹呀！那日庭前把婚退，

　　　　　　　　气得爹爹肝肠断。

　　　　　　　　此情此景在眼前，

　　　　　　　　爹爹你，还会替他来送凤冠！

　　　　[李廷甫将凤冠还给王玉林，示意他找李夫人。

王玉林　岳母，岳母！

李夫人　你且起来！

王玉林　多谢岳母。

李夫人　你站在一边。

王玉林　是！

李夫人　儿啦！

　　　　（唱）难为他今日认错回心转，

　　　　　　　　儿啊，你快收凤冠把霞帔穿！

李秀英　（唱）母亲，娘啊！恕儿不孝违母命，

娘啊娘，难道你前番之事都忘完，

他竟敢在娘亲面前要将儿打，

他竟敢岳母不叫伯母唤，

他是个恶毒丈夫儿不愿，

管他状元不状元!

王玉林　爹爹!

王　裕　小畜生!

　　　　（唱）在家不听娘教训，

　　　　　　　贤德媳妇受屈冤。

　　　　　　　为父不管家中事，

　　　　　　　要劝求你娘去劝。

王玉林　啊，母亲，娘子不肯接受凤冠，还请母亲代去相劝。

陆　氏　阿林，媳妇大娘爷娘的闲话都不肯听，阿婆闲话也不会听

　　　　哉，做娘不去倒霉。

王玉林　母亲，你去相劝，娘子一定会听的。

陆　氏　不去倒霉。

王玉林　当真的不去?

陆　氏　不去末是格不去。

王玉林　唉，也罢!

　　　　（唱）母亲不肯去相劝，

　　　　　　　我中状元也枉然!

　　　　　　　孑然一声空嗟叹，

陆　氏　哎呀，阿林啊! 你要做啥啦?

王玉林　（唱）我只有皈依三宝弃家园!

陆　氏　哎呀，我去，我去! 和尚做不得的，我去倒倒霉看。

王玉林　多谢母亲!

陆　氏　嘿嘿！嘿嘿！嘿……媳妇大娘，

　　　　（唱）我的心肝宝贝啊！

王玉林　娘子，母亲的话你可要听啊！

陆　氏　格末侬自家来送！

　　　　（唱）叫声媳妇我的肉，

　　　　　　　心肝肉啊呀宝贝肉，

　　　　　　　阿林是我格手心肉，

　　　　　　　媳妇大娘侬是我的手背肉！

　　　　　　　手心手背都是肉，

　　　　　　　老太婆舍不得奈两块肉！

　　　　　　　媳妇啊，你心宽宽气和和，

　　　　　　　贤德媳妇来听婆婆，

　　　　　　　阿林从前待亏你，

　　　　　　　难为伊今朝赔罪是来认错。

　　　　　　　侬看伊，跪到西来跪到东，

　　　　　　　膝踝头跪得是红火火！

　　　　　　　媳妇你三番不理伊，

　　　　　　　伊是状元不做要去和尚做。

　　　　　　　格种就叫现世报啊，

　　　　　　　你贤良媳妇就有好结果。

　　　　　　　听从婆婆接凤冠，

　　　　　　　诰命夫人由侬做！

李秀英　（唱）婆婆啊，你是媳妇重生母，

　　　　　　　婆婆的恩德铭肺腑。

　　　　　　　夫妻不和世间有，

　　　　　　　唯有我是不明不白受折磨。

我不愿与他夫妻和，

只好辜负你老婆婆！

陆　氏　（唱）媳妇侬是贤良方正第一个，

福也大来量也大，

千错万错是阿林错。

我婆婆待你总不错，

媳妇若不肯夫妻和，

我养什么儿子还什么婆，

媳妇啊，你卖个人情给婆婆，

夫妻重欢琴瑟和。

李秀英　（唱）婆婆啊，我不愿与他夫妻和，

我情愿提茶担汤来奉公婆。

陆　氏　（唱）你情愿提茶担汤来奉公婆，

真是我贤慧的好媳妇。

左右为难难煞我，

（白）阿林啊，你若要夫妻和睦，

（唱）除非你状元跪地去认错。

王玉林　哎呀，母亲！孩儿乃是天子门生，万岁御笔亲批的新科状
　　　　元，我怎能去向娘子下跪呀！

陆　氏　啥个天子门生新科状元，老婆都要轮勿着哉！去啊！

王玉林　这……母亲，这是使不得的。

陆　氏　哎呀，快去啊！

李廷甫　啊！好了，好了！贤婿起来。今日之事既往不咎，只要你
　　　　们夫妻和睦，白首偕老，也就是了！

王　裕　是呀，是呀！

李廷甫　哈哈……

李秀英 （唱）这凤冠霞帔儿暂且收。

陆　氏 好的，好的。

李秀英 请公婆爹娘原谅我。

众　人 哈哈哈……

　　　　〔众人先下。王玉林向李秀英赔礼，李秀英初不理，后牵手下。

评析

　　"送凤冠"是越剧《碧玉簪》中人们喜闻乐见的一场好戏。它好就好在是众望所归、大势所趋。在主人公李秀英历经回门被逼原轿回，盖衣被打，母亲被丈夫顶撞，险些被生父刺死的种种非人磨难后，"送凤冠"终于让女主人公扬眉吐气、一洗冤屈。

　　在这场戏中，加上王玉林首尾两次的相送，"送凤冠"共送了五个层次，基本上遵循由亲到疏的原则来送。与"三盖衣"相比，本场戏的主要内容不是人物内心的挣扎和反复而是外部冲突。"送凤冠"的动作是重复的，但冲突却在上升、人物的情绪在变化，而且每次辩理的内容也不尽相同。

　　王玉林亲自送凤冠给李秀英。他的说辞是"当初是奸人设计陷害你"，才导致我误会，如今奸人已死，你我夫妻之间没有根本性的冲突，就应该接下凤冠，把症结归为外人挑拨，而不归罪到自己的多疑，所以李秀英根本无法接受，质问其"你为什么瞒书瞒信瞒玉簪"，纵然有奸人拨弄，若夫妻两心合一，怎会受此欺瞒；所以主人公情感上无法接受，直言拒绝。

　　在李秀英拒绝后，王玉林求助于岳父。因为在男尊女卑的社会背景下，父亲相对更有权威，况且严父慈母，父亲的话理应更有分量。况且当初是岳父先看中王玉林的才华，才会将女儿许配于他。所以站在王玉林的立场上，首先向岳父而非岳母求助是情理之中的。

从剧作结构来看，女主人公在情感上受到天大委屈，必须在情感里得到弥补，其态度才能转变。而对女儿来说，母亲显然比父亲更贴心、更值得信赖，拒绝母亲比拒绝父亲更难。所以此时如果王玉林先求岳母后求岳父，势必会李母先劝而李父后劝，戏剧冲突的情势就不是节节上升，而是逆转了，相应地冲突也减弱了，因此在相劝的顺序上还是应该先父而后母。

李父李廷甫的说辞是"玉林高中已回头"，所以应该接下凤冠。这是一个道学先生、封建官僚的口吻，天下无不是丈夫，丈夫为天，况且已经高中，那么前嫌就不要计了。李秀英是孝顺女儿，直接拒绝不妥，她又十分机智聪明，不便说当时玉林诬告害得父亲差点刺死自己的事，只是婉转提醒父亲"那日庭前把婚退，气得爹爹肝肠断"。此语一出，利欲熏心的父亲想起当日的羞辱，恼羞成怒地将凤冠退给玉林。

第三个送凤冠的是李秀英的母亲。女儿和母亲关系最近，所以王玉林搬出的这道令牌应该是威力更大于前者，他认为必然是马到功成的了。母亲劝李秀英"难为他今日认错回心转"，其立场是希望夫妻合好，是一个慈母的真实动机和心里话。而秀英对母亲的反驳，也不像对父亲的那样丁是丁卯是卯、就事论事而不掺杂个人感情，她回说"难道你前番之事都忘完，他竟敢在娘亲面前要将儿打，他竟敢岳母不叫伯母唤"，显然母亲一出语，激起了秀英的满腹辛酸，在相对宠爱她的母亲面前，她的感情开始喷薄、宣泄，内心不再理性而是动气了，当然，人物一旦开始动气，那么也就开始解气了，只要找到良好的发泄渠道，是能够化干戈为玉帛的。所以，此处人物的情感在上升、冲突更尖锐，但也开启了转折之门。

秀英连母亲的话也不听，冲突似乎到了不可调和的地步，玉林也慌了，竟然想出让爹爹来相劝的荒唐主意，试想封建家庭中公公和媳妇的隔膜关系，公公怎能直接命令媳妇、管媳妇的家庭事呢？如果再被驳回，那矛盾就真不可调和了。他有何德何能胜过前两者呢？所以编剧此处安排的是虚晃一枪，王裕并未真正去劝，而给王玉林出了个主意"要劝求你娘去劝"。这里看似宕开一笔，真实可信，符合人物"慌不择言"的实际情况，场上众人看到这"慌不择言"，看到对方出糗，内心中多少会解一些气。所以，这看似冲突更尖锐，实际上也安排了转机。

第四个送凤冠的是婆婆。婆婆在剧中是个深明大义、善良风趣的老太太，在得知儿子和媳妇不和时，她千方百计安排二人合好；玉林打骂秀英时也多次维护后者，甚至李父偏听一面之辞要杀死秀英时，也是她出面维护，并提出对笔迹以证清白的主意。所以婆婆对秀英，是自始至终不曾得罪而疼爱有加的。正因为前期情节的设计与投入，这个人物的劝说对秀英的转变有着最重要的作用，也正因此，才把这个人物放到最后做"杀手锏"。

当然，如果编剧设计婆婆这个人物听了儿子的话，马上笑呵呵应承下来，则于人物形象上有损伤，又减少了一层冲突；前期对秀英疼爱就立不住脚、流于表面。所以，编剧安排这位精通世故的老太太先是拒绝"不去倒霉"，玉林恃宠撒娇，以"做和尚"威胁"胁迫"了母亲，婆婆是"没有办法"去劝的，而并非认为自己的儿子行得对。婆婆劝说秀英的唱词，是全剧优秀唱段中最精彩的之一。这段唱前人之述备矣，不再赘述，只是有一点要提及的是，这段劝说的唱词与前面的唱词一样，均是就事论事出发，因此能够说情透彻、言理明白，又不与前面重复。

同样，如果写秀英见婆婆来劝，立马接下凤冠，也显得单薄、苍白，因为此时观众对玉林的谴责不能发泄出来，那么也就不能够原谅玉林、同意秀英接下凤冠。是以需要秀英再次拒绝，让玉林再为难一层。婆婆毕竟从血缘关系上远着一层，秀英的家教，也不可能像对母亲那样，对婆婆太过放肆，况且婆婆对自己有功而无过，所以秀英的回答在情理之中："我不愿与他夫妻和"，但我愿意侍奉公婆。这句话看似绝情，似乎堵住了和好之路，其实却透出一线生机，她还是愿意呆在王家的，只是对玉林的一口气没有解，所以婆婆给出"状元跪地去认错"的解决方案，是皆大欢喜的。有了这一跪，秀英真正能消恨解气，暂且收下凤冠——这就是第五次"送凤冠"。

在京剧《碧玉簪》中，也有"送凤冠"的情节：

赵　母　（白）啊媳妇，我儿得中状元回来，得来凤冠霞帔。小蕙，
　　　　　　　与你家小姐穿戴起来。

小　蕙　（白）待我来穿戴。

张玉贞　（白）慢来，慢来，媳妇作事不端，不敢仰攀公子；媳妇情
　　　　　　　愿侍奉婆婆到百年之后，媳妇是独去庵堂。这凤冠霞帔么，
　　　　　　　媳妇是不配戴的。

赵　母　（白）还不与她赔个礼儿！
　　　　　〔赵启贤拜揖。

赵启贤　（白）夫人，千不是，万不是，喏喏喏是下官的不是，我这
　　　　　　　里赔礼了！
　　　　　〔张玉贞不睬。

赵启贤　（白）夫人，下官这厢跪下了！
　　　　　〔赵启贤跪。

赵　母　（白）啊媳妇，看我儿跪在尘埃，与你赔礼，你与他和好
　　　　　　　了吧！

张玉贞　（白）婆婆待我恩重如山，凡事都可从命，唯有此事，媳妇
　　　　　　　的冤屈婆婆是知道的，我是万万不能与他和好。

赵　母　（白）啊，媳妇，你若再不应允，喏喏喏，我也与你跪下了！

　　　　〔赵母欲跪。小蕙急忙拦住。

小　蕙　（白）哟，这可使不得！小姐您倒是快扶着点呀！

　　　　〔张玉贞拦赵母。

张玉贞　（白）啊，婆婆！

　　　　〔赵启贤乘机欲站起，赵母按赵启贤。

赵　母　（白）你呀？你还早呢！

小　蕙　（白）小姐，您快答应了吧，您瞧老夫人急的这个样儿！

赵　母　（白）看在老身分上，你快快穿戴起来吧！

张玉贞　（白）媳妇遵命就是。

　　　　〔张玉贞下，小蕙捧凤冠随下。赵母回身坐下，忘记赵启
　　　　贤仍跪着。小蕙跑上，见此情状，至赵母前，拉赵母衣，
　　　　示意请赵母放赵启贤起来。赵母示意使小蕙拉起。小蕙走
　　　　在赵启贤身后，学赵母声音。

小　蕙　（白）起来！

　　　　〔赵启贤欲起，见小蕙。

赵启贤　（白）哇！

小　蕙　（白）你呀？你还早呢！

　　　　〔吹打。张玉贞命服凤冠上，张玉贞、赵启贤同拜赵母。

赵　母　（笑）哈哈哈！（念）儿女一篇糊涂账，累得老身终日忙。

　　　　〔众下。

　　此处京剧的场面与越剧相比单薄、单调了许多，因而虽然沿袭
了"情愿侍奉姑婆"，丈夫下跪的情节，但因下跪过于主动，缺乏别
人逼迫，也缺乏前面累次遭拒的铺垫，是以显得轻浮，没有实现情
感上的水到渠成。后面小丫环对赵启贤的捉弄，将一个极好的控诉
大男子主义的故事，演化成一出轻浮的调情戏，不得不说是败笔。

越剧《五女拜寿·拜寿堂老母偏心》

[杨府牡丹亭寿堂。

合　唱　牡丹竞放笑春风，

　　　　喜满华堂寿烛红。

　　　　白首齐眉庆偕老，

　　　　五女争来拜寿翁。

[数家院忙碌地布置寿堂，杨继康携夫人上，随伺翠云。

杨继康　（唱）一生谨慎立朝堂，

杨夫人　（唱）夫荣妻贵寿而康。

杨继康　（唱）疏远严嵩思告老，

杨夫人　（唱）还乡安度好时光。

老家院　老爷——禀老爷夫人，苏州大小姐大姑爷，二小姐二姑爷；

　　　　杭州四小姐四姑爷、五小姐五姑爷带来各式各样寿礼，一

　　　　齐给你拜寿来了!

杨继康　快快有请。

老家院　老爷吩咐，有请各位小姐姑爷。

[喜乐声中，四对儿女携婢女捧礼物上。

众　婿
　　　　（同白）岳父、岳母（爹爹、母亲），小婿（孩儿）大礼拜祝寿诞。
众　女

杨继康
杨夫人　（同白）贤婿女儿起来。

众　婿
　　　　（同白）多谢岳父、岳母（爹爹、母亲）。
众　女

杨继康　众位贤婿女儿路上辛苦了。

众　人　哈哈哈。

俞志云　（唱）白玉如意献岳丈，

　　　　　　　如意吉祥祝寿长。

　　　　　　　接手谕，知有告老还乡意，

　　　　　　　愿奉养，如同孝敬亲爹娘。

　　　　　　　常言道，长婿当作半子靠，

　　　　　　　迎二老，安居姑苏寿而康。

杨夫人　大姑爷不愧是尚书公子，孝心可嘉。

杨继康　是啊。

双　桃　爹爹、母亲——

　　　　（唱）赤金寿星笑口开，

　　　　　　　寿比南山景云辉。

　　　　　　　你女婿件件都听我，

　　　　　　　爹娘啊，养老要到我家来。

丁大富　（唱）贤妻说，报答双亲宠和爱，

　　　　　　　为尽孝，虎丘山下造楼台。

杨夫人　二姑爷是苏州首富，老爷看，这赤金寿星真像你啊。

杨继康　哈哈……

陈文新　（唱）献上这玲珑珊瑚福临门，

　　　　　　　爹爹说亲家本是同窗友，

　　　　　　　湖山有幸迎知音。

陈文华　（唱）呈上了翡翠宝瓶万寿春，

　　　　　　　母亲说天下风光西湖好，

　　　　　　　颐养天年可长生。

四　香　爹爹、母亲！爹娘呀——

五　凤　（唱）公婆临别细叮咛，

　　　　　　　还请二老到杭城，

　　　　　　　姐妹晨昏来侍奉，

　　　　　　　百依百顺孝双亲。

杨继康　陈亲家教子有方，真不愧相国后代啊。

杨夫人　是啊，这两对小夫妻真讨人喜欢。

双　桃　啊，爹爹母亲，苏州花园数丁家又大又漂亮，你一定要到
　　　　我家来养老。

丁大富　对，对，岳母，你一定要到我家来啊。

俞志云　长婿如同长子，理应请二老到我家来。

众儿女　岳父、岳母（爹爹、母亲）到我家来，到我家来……

杨继康　好了，不要争了，你们都有孝心，待我告老后再做商议，
　　　　你们到花厅用茶去吧。

众儿女　是。

双　桃　母亲，母亲，你最喜欢我，你若是不到我家来，女儿不依。

杨夫人　真是把你宠坏了。

杨夫人　（唱）四个女儿好孝心，

　　　　　　　更难得个个女婿似儿亲。

杨继康　（唱）堂前花开有五朵，

　　　　　　　可惜是义女三春未来临。

杨夫人　我四个亲女儿够了。

杨继康　你啊！

家　院　禀老爷夫人，三姑爷三小姐拜寿来了。

杨夫人　带来什么寿礼？

家　院　一双空手。

杨夫人　这个领养的野丫头，嫁了个穷书生流落天涯，她来做甚？

杨继康　嗳，夫人啊，既来拜寿，可算知礼么，吩咐他们进来。

家　院　三姑爷三小姐，老爷叫你们进来。

　　　　〔三春与邹应龙上。

三　春　官人请。

邹应龙　娘子请，你我一同上前拜寿。

邹应龙
　　　　（同白）岳父、岳母（爹爹、母亲），小婿（孩儿）大礼拜祝寿诞。
三　春

杨继康　贤婿女儿，起来起来。

杨夫人　罢了罢了。

翠　云　三小姐好。

杨继康　你们夫妻从哪里而来，这一向家境可好啊？

邹应龙　（唱）想先父两袖清风一身清，

　　　　　　　　蒙岳父践约成婚配千金。

　　　　　　　　数年来草堂授课南京郊，

　　　　　　　　娘子她针线助我读书文。

　　　　　　　　叹去岁赴考名落孙山外，

　　　　　　　　空辜负立志报国一片心。

　　　　　　　　是娘子屈指算来寿期到，

　　　　　　　　因此上双双拜寿到府门。

杨继康　却也难为你们了。

杨夫人　拜寿、拜寿，一双空手，成何体统？

三　春　爹爹母亲啊——

　　　　（唱）与官人专程拜寿心意诚，

　　　　　　　空手而来有内情。

　　　　　　　女儿我夜夜千针与万针，

　　　　　　　为爹娘寿鞋两双早绣成。

　　　　　　　只道是千里来把鹅毛送，

　　　　　　　礼薄情重奉严尊。

　　　　　　　谁知晓昨夜郊外投宿店，

　　　　　　　可恨窃贼盗衣银。

　　　　　　　身无分文缓步走，

　　　　　　　一路安慰我官人。

　　　　　　　只要人到心意到，

　　　　　　　定能得父母原谅两三分。

杨继康　原来如此，看来你们夫妻空腹而行，未曾用餐？

邹应龙　不妨事。

杨夫人　不用说了，翠云。

翠　云　夫人。

杨夫人　你陪他们到厨房里去吃。

翠　云　夫人，即刻就要开席了，让三姑爷三小姐一道吃吧。

杨夫人　多嘴！好吧，让厨娘好菜好饭看待。

翠　云　是，三姑爷三小姐随我来。

　　　　〔翠云及三春夫妻同下。

杨继康　夫人，为何不让他们一同宴会啊？

杨夫人　算啦，他们上不了台盘。哦，来呀，吩咐奏乐开宴。

众家院　是！奏乐开宴！

　　　　〔众女、婿上，拜。

众儿女　　爹爹母亲，走啊。

杨继康　　哈哈哈……

　　　　　[众同下，元芳落后。

翠　云　　大小姐。

元　芳　　翠云啊，听说三妹来了，三妹夫也来了。

翠　云　　大小姐，老夫人让三小姐三姑爷到厨房吃饭了。

俞志云　　快走啊!

　　　　　[同下。

　　　　　[后台传众声：祝岳父寿比南山，福如东海，岳父请，
　　　　　请啊……

春　兰　　小姐你看!

元　芳　　这不是三妹三妹夫吗?

俞志云　　快走，快来啊。

　　　　　[众下。

评析

《碧玉簪》为新编越剧，编剧顾锡东。

这是一出大场面的戏。先前四对女儿女婿，外加杨继康夫妇两个，十个人花团锦簇，舞台场面极好看。

更难得的是，该剧在人物身份的交待上有条不紊、简练有序，摒弃了传统戏曲用"自报家门"另行交待的方式，而将人物身份介绍纳入到情节中表现。如在大姑爷表达愿奉养的决心后，杨夫人夸奖"大姑爷不愧是尚书公子，孝心可嘉"，既合情合理表达了杨夫人的欣喜，也笔墨精简地交待了对方身份，有一举两得之妙。在情节中交待人物身份，较"自报家门"节奏明快，给观众的印象也更深刻。其他各位女婿的身份交待也是如此。试想，若是每个人都来一

段"自报家门"，此场戏势必长且无味。同样，三女的身份交待，也是放于剧情中的。二人空手拜寿，杨夫人不满，杨继康问其家境，巧妙地交待了他们的身份。

从表面上看，整场戏以"拜寿"为主，内容较为单一，巧就巧在作者以"争养"为核心，让各家女儿女婿争着养父母的老，从而使易流于流水交待的"拜寿"有了一个集中的行动和冲突。而"争养"的内容，又与杨继康失势后，众女儿、女婿翻脸无情、驱赶出门形成对比，因此，"拜寿"不是闲笔而是独具匠心之笔。

剧中"拜寿"的情节虽单纯，但是舞台丰富，人物围绕该情节的行动也是丰富的。人物身份不同、家庭地位不同、寿礼内容、"拜寿"的方式也各不相同。第一对拜寿的女儿夫妇献上的是白玉如意，唱词上以大姑爷为主；第二对女儿夫妇献上的是赤金寿星，唱段是女儿先声夺人，女婿随声附和；第四第五对则一起来"合唱"与"接唱"，先由女婿们拜寿，一个献上珊瑚，一个献上宝瓶，再由女儿们拜寿。从剧情安排看，四女和五女同住苏州，又嫁给了同一家，所以由他们一起出面、联手邀请是符合剧情的。

在每对夫妇中，由谁先出面邀请、措辞如何，也说明了人物在家庭生活中的地位。大姑爷在家庭中占有主导地位，后面妻子要取银两周济三春，是他厉声阻止；二老有难，他心机颇深先怂恿双桃离开，又事后诸葛地责备二老没有远见，还催促举棋不定的四妹夫、五妹夫先走；岳父失势，提议孝敬银两当奸相义子的也是他。与他相比，大女儿则为人厚道、老实，在二女和三春的冲突中，她主动劝和；二老有难她依依不舍，二老被大女婿、二女婿驱赶，苦苦哀求的也是她。二女夫妇中，双桃最得老夫人宠爱，在家庭中占有主导。护婢激化与三春矛盾、颐指气使的是她，见二老有难提议要走的是她，疑心大姐独吞二老银两、争抢二老的也是她。四女和五女夫妇为人单纯，又年纪幼小，缺乏主见，家中大事显然掌握在公婆手中。人物性格身份上的不同，均是在不动声色的叙事中加以交待，并无冗语。作者此处的安排，也为下文的叙事张目。在老夫妇投亲被驱赶中，大女和二女家里，主要驱赶人是女儿女婿，在四女和五女家里，则是被亲家驱赶。此处"拜寿"的变化不过是小变化，是作者埋伏下的小机关，而这些机关到后面能派上大用场，可谓极尽照应之能事。

此是"拜寿"的第一个阶段，也是"争养"的第一轮。

在"争养"结束后，作者又很快引入义女三春夫妇，这是剧情的又一变化，而矛盾也到此尖锐起来。因为三春夫妇贫困，赤手来拜，引起了杨夫人的不满——其他人是"争养"，而三春夫妇是"无力养"。介绍了老夫妇与三春夫妇的交往中，作者还不忘交待众女夫妇与三春夫妇的交往，当然也是极巧，只是众女拜寿，大小姐元芳打听三妹，却被丈夫催促，不得与之交谈。这是夫妇二人家庭地位的展现，巧就巧在，众女拜寿结束时独写双桃，三春拜寿时又独写大姐，作者有条不紊、处处照应，可谓高手。

通常来说，戏曲的场面较为单调，独角戏层出不穷，而场面宏大，又人物一一照应得到的戏则较小。在此方面，此戏可以作为一个例子，其妙处就在于情节叙事中交待人物。

川剧《石怀玉惊梦》

[丫环海棠上。

海　棠　　有请状元公！

石怀玉　　更阑静、淡月色，

帮　腔　　回忆往事心忐忑。

石怀玉　　想当初、在原籍，

　　　　　祖宗留下好家业。

　　　　　二双亲、把命绝，

　　　　　陈表兄与我把诗书课。

　　　　　大比年、赴京阙，

　　　　　一心要把丹桂摘。

　　　　　淮河度、把病得，

　　　　　旧病复发吐鲜血。

　　　　　恨石宝、那狗贼，

　　　　　偷去我的马匹还有银三百。

　　　　　二艄水、把我逼，

　　　　　船舱不让我安歇。

　　　　　胡连娘、她的心痛切，

　　　　　闻声驾舟把我接。

　　　　　接过舟、医病疾，

端汤熬药甚贤德。

病愈后、把亲说，

永结同心我们不分裂。

夫上京、妻难舍，

他赠我马匹还有银三百。

御校场　开弓射，

三箭射中君喜悦。

某的祖宗有遗德，

钦点状元声名赫。

三日后我去参相国，

王臣相他招我为乘龙客。

说不尽花烛洞房泛春色，

大登科小登科我一人得。

峰翠山、那干贼，

插旗造反要乱国。

老岳父、把本写，

我手捧都督令河南绞逆贼。

打一仗、两军对垒轰烈烈，

我兵又损来将又折。

把本都、困荒野，

现出猛虎冲散贼。

搬救兵、把书写，

搬兵去把我的表兄接。

陈表兄他说得明白，

胡连娘和他一道来府宅。

我本得、开帅府去把妻接，

他们争大论小我才使不得。

石怀玉、良心黑，

暗差家将为刺客。

家将报连娘无踪迹，

不知何人走了消息。

我的都督府门重叠，

胡连娘又是怎样进的府宅。

叫王氏、去认姐姐，

王氏她愿做夫人不愿做妾。

只闹到、三更夜，

我的文凭印信被盗窃。

大将军、印信舍，

君王知道要把头切。

飞来祸、心惊赫，

这件事儿怎了结呀！

我那胡连娘对我说，

枯井内她说她把把印信得。

有本都、心疑惑，

她女流之辈怎晓得？

石怀玉、暗猜测，

莫非她私通周青贼？

庆功酒、后堂设，

胡连娘酒醉现了原迹。

狐狸精、是妖孽，

手持钢刀把头首切。

昨夜晚、人昏厥，

梦见连娘站床侧。

醒来时、我的冷汗滴，

忧心忡忡眼发黑。

院墙外、西风瑟，

帮　腔　亏心事儿做不得，

　　　　亏心事儿做不得！

　　　　［石怀玉似有所感，惊惧、害怕，掌烛观看，又执剑刺探

　　　　帐内和桌下，后觉困倦。

帮　腔　三更点点入梦魂。

　　　　［石怀玉入帐内。

帮　腔　恨海无边万丈深，

　　　　有谁为我抱不平。

　　　　［石怀玉于帐中露出脸部。

帮　腔　见连娘身影，

　　　　霎时间无影有无形。

胡连娘　千恨万恨奴好恨，

　　　　不该牵动儿女情。

　　　　只说赤心献知己，

　　　　不知知己是坏人，是仇人哪

帮　腔　吐红珠救活你性命，

　　　　悔不该一时许姻亲。

胡连娘　吐红珠救活你性命，

　　　　悔不该一时许姻亲。

鬼　差　她对你有恩啦！

　　　　［石怀玉惊觉，但仍在梦中。

石怀玉　石怀玉不幸遭厄运，

遇着个鬼怪迷惑人。

胡连娘 大比年送你把京进，

暗中助你争头名。

鬼　差 她对你有情啦！

石怀玉 本督三箭中红心，

不领你这空头情。

胡连娘 杀周青、替你夺回都督印，

石怀玉 你想设计陷害人。

胡连娘 峰翠山、化虎救活你性命，

石怀玉 护本都自然有天神。

胡连娘 石怀玉知恩不报恩，

那一剑、断送了奴的香魂。

〔石怀玉退入帐内。

鬼　差 扎——扎——扎，

他还在酣睡未醒！

帮腔 你在哭，他在笑，冷酷无情，

帮腔 石——怀——玉！

〔鬼差暗下。

〔石怀玉大汗淋漓从帐中走出。

帮　腔 耳听谯楼起三更，

不知何人在扣门。

石怀玉 莫不是夫人把书问，

二莫非丫环院梅捧香茗。

帮　腔 掌红烛细观动静，

掌红烛细观动静，

〔石怀玉掌烛查看，连娘接连吹熄蜡烛。石怀玉开门查看，

连娘身后紧跟。

帮　腔　深夜闯入一妇人。

石怀玉　前影儿未曾看得清，

　　　　后影儿好似结发人。

　　　　家住何州在那郡，

帮　腔　贤卿莫非送风情。

　　　　［石怀玉轻薄连娘。

帮　腔　怀玉佯装不识认，

　　　　［二人照面，石怀玉认出连娘，惊惧、欲逃，鬼差上，与
　　　　连娘脱掉石怀玉外衣。石怀玉变脸。

帮　腔　连娘是你对头人，

　　　　冤杀连娘成孤魂。

　　　　萧墙大祸突降临，

　　　　狭路相逢鬼怪惊。

鬼　差　阎君台前去受审，

帮　腔　谁是谁非把理评。

　　　　［石怀玉变脸、飞褶子，躲入书案下。

　　　　［鬼差与连娘四下查找。

胡连娘　胡连娘怒气满腔，

　　　　石怀玉负心儿郎。

　　　　中状元喜新厌旧，

　　　　挥毒剑杀却糟糠。

鬼　差　妄披人皮在世上，

帮　腔　千年万载骂名扬。

　　　　［鬼差与连娘找到石怀玉，用提"火巴人"提巧将其捉住。

胡连娘　负义忘恩！

帮　腔	忘恩啦！
胡连娘	哎呀呀！石怀玉，贼呀！
帮　腔	一旦忘却结发情。
胡连娘	淮河救你命，负义又忘恩。
石怀玉	淮河救我命，哪个忘了你的恩？
胡连娘	大比把京进，相府招的什么亲。
石怀玉	错把相府进，估到我成亲。
胡连娘	纵然你成亲，就该修家音。
石怀玉	领兵去出征，家书修不赢。
胡连娘	差将为的甚，杀奴可是真？
石怀玉	纵然夫不是，妻要让三分。
胡连娘	按律条要挖眼睛，
石怀玉	娘子莫非你要绝情？
胡连娘	叫你快点走，
石怀玉	偏要慢点行。
胡连娘	我今不要你的命，
	石怀玉，
帮　腔	退我红珠了孽根。
鬼　差	还命来！
	［二人下，石怀玉退入帐中。
帮　腔	一场噩梦一夜惊，
	孽债未还苦煞人。
	［鸡叫，石怀玉自帐中出。
石怀玉	昏昏沉沉上房去，
帮　腔	又来一个对头人。
石怀玉	谁？

海　棠　我——我——我是海棠。

石怀玉　你是连娘？

海　棠　我是侍女。

石怀玉　你是石怀玉

海　棠　我是丫环！

石怀玉　你好凶残！

帮　腔　石怀玉你把心昧，

　　　　弃糟糠心里有亏。

石怀玉　昨夜晚打三更你将我灌醉，

　　　　冤杀连娘好伤悲。

　　　　香魂一缕化冤鬼，

　　　　今夜晚要把你的狗命追。

帮　腔　石——怀——玉！

石怀玉　石怀玉！

　　　　你犯了弃旧迎新冤杀糟糠的滔天大罪，

帮　腔　你就是当今的活王魁。

　　　　〔石怀玉僵尸倒地。

评析

　　本剧为川剧传统剧目。

　　川剧《石怀玉惊梦》和川剧《情探》一样都是谴责负心汉的复仇戏，二者的不同在于，前者中有许多川剧特有的工夫、技巧，充分借助外部肢体动作来呈现冲突，而《情探》主要借助唱念来以情说理。"戏无技不惊"，就"歌舞演故事"也即利用"歌舞"来叙事看，《石怀玉惊梦》别有韵味。

　　整个情节可分为三个层次，睡前、梦中和梦醒。

本剧一开始是一大段高腔，几乎无有器乐伴奏，极有韵味，对故事背景作了简单交待，也表现了负心汉内心的忐忑不安，正所谓不做亏心事，不怕鬼上门。这段情节把观众带入故事情境。在高腔结束后，人物还有一段精彩的表现负心人疑神疑鬼、拿剑刺探的表演，作为从睡前到入梦的过渡。

　　在梦中，连娘和鬼差前来复仇。这段情节尤其精彩，刻画人物尤其到位，可分为多个层次。第一个层次中，石怀玉仍酣睡未醒，所以从帐中露出的脸部是似醒非醒，似笑非笑，显然进入梦中的他已经忘记了白天的恐惧，忘记了冤杀连娘的旧事。所以此处胡连娘质问他时，他毫无惧意，一脸嬉笑地反驳"本督三箭中红心"、"你想设计陷害人"、"护本都自然有天神"，对连娘的种种恩情一概否认。这一段其实也可看作石怀玉与连娘生前拌嘴的情景再现。因为在梦中，石怀玉不知连娘已死，所以仍能嬉笑自若地反驳。这是梦中第一个层次，即梦中未醒。梦中第二个层次，就是在梦中醒来。石怀玉闻声醒来，大汗淋漓，这是在梦中有了意识的阶段。他看到闯入的是妇人，好色之心不改，以为前来"送风情"的，充分暴露喜新厌旧、轻薄无德的本性。同样在这个层次中，石怀玉认出对方惊恐万状，脸色大变。第三个层次中，连娘和鬼差不顾狡辩，将石怀玉捉住，后者经过抹油脸、吊颈等肢体表演，瓮中捉鳖，成为将死之鬼后，从唱词中体现的态度又是死到临头妄想最后一搏。对连娘质问的句句反驳，与梦中无意识时反驳明显不同，无意识、无惊惧时是坦然的，而有意识时是色厉内荏的。"哪个忘了你的恩"、相府"估到我成亲"、"家书修不赢"，我"偏要慢点行"等，百般抵赖、妄图蒙混过关，这一方面体现了人物变成鬼后的无赖，另一方面也体现出石怀玉认定连娘仍有情于自己，舍不得下狠手。

　　梦醒的部分，是对睡前的呼应和补充，同样继续对人物性格进行深化。石怀玉醒来后神智不清，把侍女认作连娘，又把侍女认作自己，后又自述罪状。通过这三个步骤精炼传神表达出人物失魂落魄的状态，而且结束的自述状与开始的自述互为呼应，内容虽同，但人物投入的感情不同、叙述的方式不同，前面是人物不安的忐忑，后面是失常的恐惧。最后人物变僵尸而死。

如果说川剧《石怀玉惊梦》塑造的是"武"的负心汉，那么川剧《情探》中塑造的是"文人"的负心汉。两剧中的负心人，一为无缚鸡之力的文人伪君子，一为胆大心黑的武举。一遇到的是多情多义的桂英，一遇到的是精灵所变的连娘。因此，王魁对桂英有愧，毕竟桂英本身无有过错，而石怀玉杀掉连娘，乃是杀掉一妖孽，所以他毫无愧疚，只有被索命的恐惧和担忧。

对桂英和连娘来说，又有所不同。桂英是自绝己命，对王魁犹有一丝不舍。连娘本是精灵化身，性格上当嫉恶如仇，又被石怀玉手刃，是以恩断义绝，今日来只是为索命。是以桂英对王魁犹切切关心，而连娘则旨在揭露其画皮。石怀玉是先无情后装有情，恃爱耍赖，实乃是自以为落花有意，岂知落花早已无情；王魁是初看有情，继而桂英诉说往日恩情不允，求为偏房不允，求为婢女亦不允，无情是真有情是假。

《情探》可分为"试探"与"捉拿王魁"两个部分，其中后者极短，而前者占大部分篇幅，以"情探"名之可谓切中其妙。"试探"过程如下：鬼卒欲拿王魁，桂英心有不舍；王魁初对桂英有怜意，桂英提及求方事，王受感动、有不舍之意，可计算到个人利害转念，辞曰已娶妻，已写休书；焦诉别后睹物思人，王说"春梦无痕，忍俊不禁"；焦说求神故王得中状元，王说非关神事；焦诉神灵效验，王害怕欲转念，又怕同僚耻笑；焦说当日困卧街心事，王恼羞成怒；焦求为妾，王转念不许；焦求为婢，王执意撵其走。这一段过程以唱念为主，人物的肢体语言并不算很丰富。

川剧《石怀玉惊梦》中塑造人物、渲染剧情的技术程式则相对丰富。除了两剧中共同使用的"蜡烛灭而复燃"来渲染女鬼到来时的恐怖气氛外，还运用了"提火巴人儿"、"耍靴子"的技巧表现鬼怪捉人的瘆人情景。石怀玉在剧中有多次变脸：最初人物唇白齿红，说不尽的儒雅俊俏；梦中未醒时面色白里透红，醒来时脸上多了一层油汗，代表做噩梦后的大汗淋漓；在认出连娘鬼魂后，人物以"擦暴眼"的方式，脸部部分涂黑，表示已经惹鬼上身；被连娘将绳索套上脖子时满脸都漆黑了，完全卸去了唇红齿白的斯文伪装，一副无赖面孔；但等到梦醒，再次从帐子中钻出来时，石怀玉不是油脸，也不是黑脸，而是除去脂粉后的黄脸，或者说面如土色，代表人物死期将至苟延残喘。本剧层次分明地通过脸谱的变化，表现了人物心态的微妙变化，堪称是用技术叙事的典范。

当然，这并不意味着川剧《情探》应该向《石怀玉惊梦》看齐，两剧在技术程式上多寡上的差异，恰恰说明技术程式在戏曲中的运用不是越多越好，而是恰当塑造人物为宜。两剧人物形象上有差异，塑造手段也理应有差异。《情探》中王魁面对桂英的哀求，始而不无良知，而后算计厉害拒绝，言辞严厉，思路缜密，貌似有情实则无情，这一泯灭良知的过程借助念白渲染得令人不寒而栗，恰当写出负心文人的狠毒和内心的卑污。而《石怀玉惊梦》中的男主人公是武举，运用大幅度的肢体动作来表示就很相宜了。

昆剧《邯郸梦记·死窜》

（堂侯官上）铁券山河国，金牌将相家。自家定西侯卢老爷府中堂侯官便是。我家老爷掌管天下兵马数年，同平章军国事，文武百官，皆出其门。圣恩加礼，一日之内，三次接见。看看日势向午，将次朝回，不免伺候。早则夫人到来也。（旦引老旦贴上）奴家崔氏是也。俺公相领谢天恩，位兼将相。钦赐府第一区，朱门画戟，紫阁雕檐。皆因边功重大，以致朝礼尊隆。休说公相，便是为妻子的，说来惊天动地。奴家是一品夫人，养下孩儿，但是长的，都与了恩荫，真是罕稀也。（内作瓦裂声）（介旦惊介）老嬷嬷，甚么响？（老旦看介）是堂檐之上，一片鸳鸯瓦，碎下来了。（旦惊介）呀，鸳鸯瓦为何而碎？（贴望介）哎哟，一个金弹儿抛打乌鸦，因而碎瓦。（旦叹介）圣人云：乌鸦知风，虫蚁知雨。皮肉跳而横事来，裙带解而喜信至。鸳鸯者，夫妇之情也；乌鸦者，晦黑之声也；落弹者，失圆之象也；碎瓦者，分飞之意也。天呵，眼下莫非有十分惊报乎。

[赏花时] 俺这里户倚三星展碧纱，见了些坐拥三台立正衙。树色绕檐牙，谁近的鸳鸯翠瓦，金弹打流鸦？（内响道介旦）（旦）公相朝回，看酒伺候。（生引队子上）下官卢生，在圣人跟前平章了几桩机务，吃了堂饭，回府去也。

［幺］俺这里路转东华倚翠华，佩玉鸣金宰相家。新筑旧堤沙，难同戏要，春色御沟花。（见介）

（旦）公相朝回，奴家开了皇封御酒，与相公把一杯。（生）生受了。（内奏乐介）俺先与夫人对饮数杯，要连声叫干，不干者多饮一杯。（旦）奉令了。（生饮介）夫荣妻贵酒，干。（旦看介）公相干了，到奴家唤：夫贵妻荣酒，干。（生笑介）夫人欠干。（旦笑饮介）这杯到干了，正是小槽酒滴珍珠红。（生笑介）夫人，你的槽儿也不小了。（内鼓介）报，报，听说人马枪刀，打东华门出，未知何故也？（生）由他，俺与夫人唱干饮酒。（旦饮介）妻贵夫荣酒，干。（生）夫人倒在上面了。这杯干的紧，待我唤：妻贵夫荣酒，干。（旦）公相有点了。（生）夫人，这是酒泻金茎露涓滴。（旦笑介）相公，你的茎长是涓的。（生笑介）（内鼓介）（堂侯官上介）报，报，外面人马自东华门出来，填街塞巷，好不喧闹也。（生）且由他，俺与夫人叫第三干。（儿子走上哭介）老爷，老夫人，人马枪刀，济济排排，将近府门来也。（生惊起介）

［北醉花阴］这些时直宿朝房梦喧杂，整日假红围翠匝。铃阁远，静无哗。是潭潭相府人家，敢边厢大行踏？（听介）（内呼喝叫拿拿介）（生）不住的，叫拿拿。敢是地方走了贼，反了狱？既不呵，怎的响刀枪人哄马？

（众扮官校持枪索上叫众军围住介贴老旦惊走）（生恼介）谁敢无礼。

［南画眉序］（众）圣旨着擒拿。（生）是驾上差来的，请了。（众）奏发中书到门下。（生慌介）门下为谁？（众）竟收拿公相，此外无他。（生怕介）原来是差拿本爵，所犯何罪？（众）中书丞相奏老爷

罪重哩，这犯由不比常科，干系着重情军法。（生）有何负国？而至于斯。（官）下官不知，有驾票在此，跪听宣读。（生旦跪）（官念介）奉圣旨：前节度使卢生，交通番将，图谋不轨。即刻拿赴云阳市，明正典刑，不许违误。钦此！（生旦叩头起哭天介）波查，祸起天来大，怎泣奏当今鸾驾？

（生）这事情怎的起呵？

[北喜迁莺] 走的来风驰雷发，半空中没个根芽。待我面奏诉冤。（众）闭上朝门了。（生）争也么差，着俺当朝拦驾，你省可的慢打，商量咱到晚衙。（众）有旨不容退衙。（生哭介）夫人，夫人，吾家本山东，有良田数顷，足以御寒馁，何苦求禄，而今及此？思复衣短褐，乘青驹，行邯郸道中不可得矣。取佩刀来，颠不喇自裁刮。（生作刎旦救介众）圣旨不准自裁，要明正典刑哩。（生）是了，是了，大臣生也明白，死也明白。夫人，牵这些业畜，午门前叫冤，俺市曹去也。迟和疾刚刀一下。便违圣旨。除死无加。（下）

（高力士上）吾为高力士，谁救老尚书？今日为斩功臣，闭了正殿，看有甚么官员奏事来。（旦同儿上）相公市曹去了，俺牵儿子午门叫冤去。十步当一步，前面正阳门了。（叫介）万岁爷爷，冤苦哪。（高）万岁爷为斩功臣，掩了正殿，谁敢啰哩！（旦）奴家是卢生之妻。诰封一品夫人崔氏。领这一班儿子。来此叫冤呵。（高背叹介）满朝文武，要他妻儿叫冤，可怜人也。（回介）卢夫人么，有何冤枉？就此铺宣。（旦叩头介）万岁，万岁，臣妾崔氏申冤。

[南画眉序] 宿世旧冤家，当把卢生活坑煞。有甚驾前所犯？吃几个金瓜。把通番罪名暗加，谋叛事关天当耍。（合）波查，祸起天来大，怎泣奏当今鸾驾。

（高哭介）可怜，可怜，你在此候旨，俺为你奏去。（旦）在此
搦土为香，祷告天地。（拜介）崔氏在此叫冤，天天，拨转圣人龙
威，超拔儿夫狗命呵。这许多时，还未见传旨。（高同裴光庭上）圣
旨到：既卢生有冤，着裴光庭领赦，往云阳市，免其一死。远窜广
南崖州鬼门关安置，即刻起程。谢恩！（高哭介）可怜，可怜，喥鹤
无情听，啼乌有赦来。（下内鼓介众绑押生囚服裹头上）

[北出队子]（生）排列着飞天罗刹，（扮剑子尖刀向前叩头介）
（生）甚么人？（剑）是伏事老爷的剑子手。（生怕介）吓煞俺也，看
了他捧刀尖势不佳。（剑）有个一字旗儿，禀老爷插上。（生看介）
是个甚么字？（众）是个"斩"字。（生）恭谢天恩了。卢生只道是
千刀万剐，却只赐一个"斩"字儿，领戴，领戴。（下锣下鼓插旗介）
（生）蓬席之下，酒筵为何而设？（众）光禄寺摆有御赐囚筵，一样
插花茶饭。（生）是了，这旗呵，当了引魂幡，帽插宫花。锣鼓呵，
他当了引路笙歌赴晚衙。这席面呵，当了个施焰口的功臣筵上鲊。

（众）趁早受用些，是时候了。（生）朝家茶饭，罪臣也吃勾了。
则黄泉无酒店，沽酒向谁人？罪臣跪领圣恩一杯酒。（跪饮介）怎咽
下也！

[么]暂时间酒淋喉下，还望你祭功臣浇奠茶。（众）相公领了
寿酒行罢。（生叩头介）罪臣谢酒了。（众）咦，看的人一边些，误
了时候。（生绑行介）一任他前遮后拥闹哜喳，挤的俺前合后偃走踢
踏，难道他有甚么劫场的人也则看着耍。（众叫锣鼓介）

（生问介）前面幡竿何处？（众）西角头了。

[南滴溜子]幡竿下，幡竿下，立标为罚。是云阳市，云阳市，

风流洒角。（众）休说老爷一位，少甚么朝宰功臣这答，套头儿不称孤便道寡。用些胶水摩发，滞了俺一手吹毛，到头也没发，（生恼介）（挣断绑索介）

[北刮地风] 呀，讨不的怒发冲冠两鬓花。（剑做摩生颈介）老爷颈子嫩，不受苦。（生）咳，把似你试刀痕俺颈玉无瑕，云阳市好一抹凌烟画。（众）老爷也曾杀人来？（生）哎也，俺曾施军令斩首如麻，领头军该到咱。（众）这是落魂桥了。（生）几年间回首京华，到了这落魂桥下。（内吹喇叭介）（剑子摇旗介）时候了，请老爷生天。（生笑介）则你这狠夜叉也闲吊牙，刀过处生天直下。哎也，央及你断头话须详察，一时刻莫得要争差。把俺虎头燕颔高提下，怕血淋浸展污了俺袍花。

（众）老爷跪下。（生跪受绑）（剑磨刀介）（内风起介）（剑）好风也，刮的这黄沙。哎哟，老爷的颈子在那里。（摩介）有了，老爷挺着。（生低头）（剑子轮刀介）（内急叫介）圣旨到，留人！留人！（裴领旨同旦急上）

[南双声子] 天恩大，天恩大，鸣冤鼓由人打。皇宣下，皇宣下，云阳市告了假。省刑罚，省刑罚。耽惊吓，耽惊吓。一刻丝儿，故人刀下。

圣旨到：卢生罪当万死，朕体上天好生之德，量免一刀，谪去广南鬼门关安置，不许顷刻停留。谢恩！（放绑介）（生倒地叩头万岁介）生受圣人大恩了。来者是谁？（裴）是小弟裴光庭。（生）贤弟，贤弟，俺的头可有也？（裴）待我瞧瞧了。（拍介）老兄好一个寿星头。

118

[北四门子]（生）猛魂灵寄在刀头下，荷，荷，荷，还把俺崟头颅手自抹。裴年兄，俺闲口相问：奏本秉笔者宇文公，也要萧年兄肯画知。（叹介）要题知斩字下连名，他相伴着中书怎押花？（裴）敢萧年兄也不知。（生）难道，难道，则怕老萧何，也放的下这淮阴胯？（风起叹介）看了些法场上的沙，血场上的花，可怜煞将军战马。

（裴）老兄与嫂嫂在此叙别，小弟回圣上话去。小心烟瘴地，回头雨露天。请了。（下）（旦哭介）怎生来话儿都说不出来？奴家有一壶酒，一来和你压惊，二来饯行。（生）卑人见过那些御囚茶饭，早醉饱也。（旦）儿子都在午门叩头去了，等他来瞧一瞧去。（生）由他，由他，他来徒乱人意。夫人，不要他来相见罢了。（旦哭介）俺的天呵，也把一杯酒，略尽妻子之情。

[南鲍老催] 唏唏吓吓，（酒杯惊跌介）（旦哎哟介）战兢兢把不住台盘滑。扑生生遍体上寒毛乍，吸厮厮也，哭的声干哑。（内鼓介内）卢爷，快行，快行。有旨着五城催促，不可久停。（末小旦扮儿子哭上）我的爹呵！（旦）这都是你儿子，怎下的去也！（生）是你妇人家。不知朝廷说我图谋不轨，如今安置我在鬼门关外。罪配之人，限时限刻。天呵，人非土木，谁忍骨肉生离？则怕累了贤妻，害了这几个业种，到为不便。（儿扯要同去介生）去不得也，儿。（同哭介）眼中儿女空钩搭，脚头夫妇难安札，同死去做一榻。（旦闷倒生扯介）

[北水仙子] 呀，呀，呀，哭坏了他。扯，扯，扯，扯起他。且休把望夫山立着化。（众儿哭介生）苦，苦，苦，苦的这男女煎喳。痛，痛，痛，痛的俺肝肠激刮。我，我，我，瘴江边死没了渣。你，

你，你，做夫人权守着生寡。（旦）你再瞧瞧儿子么。（生）罢，罢，罢，儿女场中替不的咱。好，好，好，这三言半语告了君王假。我去，请了。（旦哭介）相公那里去？（生）去，去，去，去那无雁处海天涯。

（虚下旦哭介）儿子回去罢，难道为妻子的，不送上他一程。

[南双斗鸡] 君恩免杀，奴心似剐。没个人儿和他，和他把包袱打。大臣身价，说的来长业煞。

（生上见介）夫人，你怎生又赶上来。（旦）为你没个伴当，放心不下。我袖了半截银锞子，你路上顾觅。（生）罪人谁敢相近？我独自觅食而行。你还拿这半截锞子回去，买柴籴米，休的苦了儿女呵。

[北尾] 罪人家顾不出个人儿罢？我还怕的有别样施行咱。夫人，夫人。你则索小心儿守着我万里生还也朝上马。

十大功劳误宰臣，鬼门关外一孤身。

流泪眼观流泪眼，断肠人送断肠人。

评析

传奇《邯郸梦》为明代汤显祖的代表作之一。

在古典戏曲中，抒情和叙事有时是割裂的，即用唱段来抒情，而叙事功能则交给念白。二者各司其事，看来方便清晰，孰不知这样一来，叙事已经交待明白的情节，不免在人物抒发情感时再带出一二，二者内容上容易重复，共同提供的信息量小，节奏上容易拖沓，形式上也显得单调，无非是唱完念、念完唱。以《千忠戮·惨睹》的开头为例：

程济（内白）大师趱路！（程济随建文帝同上。）建文帝 [倾杯玉芙蓉牌〕收拾起大地山河一担装，四大皆空相。历尽了渺渺程途，漠漠平林，垒垒高山，滚滚长江。（白）我自吴江别了诸徒出门，师弟两人，一路登山涉水，夜宿晓行。一天心事，都付浮云，七尺形骸，甘为行脚。身似闲云野鹤，心同槁木死灰。〔倾杯玉芙蓉牌〕但见那寒云惨雾和愁织，受不尽苦雨凄风带怨长。（白）程徒。程济（白）大师。建文帝（白）前面是哪里了？程济（白）是襄阳城了。建文帝（白）嘎？喔唷！〔倾杯玉芙蓉牌〕雄城壮，看江山无恙，谁识我一瓢一笠到襄阳。

在这段叙事中，虽形式上看似唱念结合，其实念和唱的许多内容是重复的，唱词不脱"曲"的范畴，以写景为主，还没达到"戏"的境界，而念白仅仅是穿插、作为曲子的中断，并无特别的叙事功能。之后众犯官家属与女差官的片段中，也是犯官家属唱为主，而差官以念为主。

再来看《长生殿·禊游》中的处理：

〔前腔〕（净冠带引从上）一从请托权门，天家雨露重新。累臣今喜作亲臣，壮怀会当伸。俺安禄山，自蒙圣恩复官之后，十分宠眷。所喜俺生的一个大肚皮，直垂过膝。一日圣上见了，笑问此中何有？俺就对说，惟有一片赤心。天颜大喜，自此愈加亲信，许俺不日封王。岂不是非常之遇！左右回避。（从应下）（净）今乃三月三日，皇上与贵妃游幸曲江。三国夫人随驾。倾城士女，无不往观。俺不免换了便服，单骑前往，游玩一番。（作更衣、上马行介）出得门来，你看香尘满路，车马如云，好不热闹也。正是："当路游丝萦醉客，隔花啼鸟唤行人。"（下）（副净、外扮王孙，末扮公子；各丽服，同行上）（合）〔仙吕入双调·夜行船序〕春色撩人，爱花风如扇，柳烟成阵。行过处，辨不出紫陌红尘。（见介）请了。（副净、外）今日修禊之辰，我每同往曲江游玩。（末、小生）便是，那边簇拥着一队车儿,敢是三国夫人来了。我每快些前去。(行介)纷纭,绣幕雕轩,珠绕翠围,争妍夺俊。氤氲,兰麝逐风来,衣彩佩光遥认。

此处也是唱归唱、念归念,人物上场时唱,唱完之后再用念白交待一下情节。就戏曲的叙事而言,此种曲词与念白的分割,或许妨碍了叙事性。是以在古典戏曲的现代演出中,常常会"舍爱"删去一些名曲,或者将数支曲子合并,为了节约演出时间、加快节奏。这看起来是不失为一种解决方案,而且都没有影响到情节的完整性,然而,汤显祖的《邯郸梦》的"死窜"一出,则给了我们另一种思路。

本出的十二支曲子中,有相当一部分没有停滞于抒情,而是作用于叙事。如卢生被抄家时的[南画眉序],众人与卢生的唱中夹念,讲清楚了奉旨捉拿的原委,并非是卢生静态悲叹自己的命运:

[南画眉序](众)圣旨着擒拿。(生)是驾上差来的。请了。(众)奏发中书到门下。(生慌介)门下为谁。(众)竟收拿公相,此外无他。(生怕介)原来是差拿本爵,所犯何罪?(众)中书丞相奏老爷罪重哩,这犯由不比常科,干系着重情军法。(生)有何负国?而至于斯。(官)下官不知,有驾票在此,跪听宣读。(生旦跪)(官念介)奉圣旨:前节度使卢生,交通番将,图谋不轨。即刻拿赴云阳市,明正典刑,不许违误。钦此!(生旦叩头起哭天介)波查,祸起天来大,怎泣奏当今鸾驾?

之后卢生朝门欲诉冤,被告诉朝门已闭,有旨不容退衙,完全放在[北喜迁莺]的曲子中加以描述,而没有单独安排一篇念白来表现叙事,只用曲子来表现卢生的失望和焦虑:

[北喜迁莺]走的来风驰雷发,半空中没个根芽。待我面奏诉冤。(众)闭上朝门了。(生)争也么差,着俺当朝阑驾,你省可的慢打商量咱到晚衙。(众)有旨不容退衙。(生哭介)夫人,夫人,

吾家本山东，有良田数顷，足以御寒馁，何苦求禄，而今及此？思复衣短裘，乘青驹，行邯郸道中，不可得矣。取佩刀来，颠不喇自裁刮。（生作刎）（旦救介）（众）圣旨不准自裁，要明正典刑哩。（生）是了，是了，大臣生也明白，死也明白。夫人，牵这些业畜，午门前叫冤，俺市曹去也。迟和疾刚刀一下，便违圣旨，除死无加。

如此一来，念白了曲词互相补充叙述故事，曲词落到实处，处处有新的信息提供，念白的加入又从听觉上缩短了整支曲子的长度，无形中加快了节奏。这是唱段、唱词彻底融入叙事的案例。

此外，在古典戏曲中，一般是重抒情而轻行动、事件，纵然有时为了抒情落到实处，多借物、借景抒情（如《锦蒲团·守岁》、《琵琶记·描容》等）。但这些地方引起人物心绪变化的，是静态的景物触动了人物回忆、勾起了人物的情感，而不是因为人物命运、处境改变而激发的大悲大喜之情。与人物细腻的抒情相比，事件、行动的发展往往简单甚至简陋。

除了一些诸如离别、欢宴等情感鲜明，通常处理做重点抒情场次的折子里，抒情却少而简尽量与事件、行动结合外，在另外一些关系人物命运大起大落的折子中，事件的发展曲折变化，铺叙详细，极大克服了情节简陋的弊病。《死窜》就是其中典型的一折。

该折分为以下几个段落：

第一个段落中，作者先以堂侯官、崔氏相继自报家门，展现富贵堂堂百姓家，又以鸳鸯瓦碎喜中伏变，做振起全篇的悬念，也为今后的惊变打下伏笔。在本段落中共有两支曲子，一支用于崔氏发现鸳鸯瓦碎、心生不祥，一则是卢生下朝回来。一忧一喜，互为对比。

第二个段落中，抄家官校突至，奉旨要斩杀卢生，卢生命运突变。作者并未止于让卢生悲叹命运，而续写了卢生的一系列行动：

卢生欲辩冤，可朝门已闭；他欲"自裁刭"，圣旨却不容自裁。求生不得之下，只得心惊胆战、疾赴市曹；在另一壁厢，作者安排了卢妻冒死喊冤的行动。在这里，卢生辩冤、自杀、就死，崔氏的朝门喊冤，均是关系人物大命运之处，是以 [北醉花阴] [南画眉序] [北喜迁莺] [南画眉序] 等曲子虽多，但内容并不重复、啰嗦，处处皆是扣紧人物的命运和挣扎而发，因此各有各的用途。

第三个段落是"险"。卢生已经准备引颈就戮，汤显祖在此安排了看刀、插旗、酒筵等细节，处处激发卢生荣枯瞬间的感慨。在挣断绑索时，又安排刽子手抚摸卢生头颈，感慨"颈子嫩"、"老爷也曾杀人来"，又来到"落魂桥"，又是风又是黄沙，处处照应"荣枯一梦"的主题，一步步逼近险境，将悲剧逼至高潮。在裴光庭带赦旨前来时，作者犹笔力有余，写卢生自摸头颅、自叹九死一生，却要与裴分辩萧年兄为何要助纣为虐；老妻说儿子等候相见时，又圣旨催发、担忧迟延连累这些孽种；将一个死处逃生又满心厉害、并无悔悟的老官僚写得栩栩如生。

作者将事件、行动、冲突安排得如此饱满、丰富，十二支曲子忽悲忽喜，皆事态变化和人物行动而激发，可谓是一种动态的抒情，不同于人物因景物、事物所感而引起的静态抒情。

静态抒情的好处在于便于安插戏曲歌舞身段，发挥戏曲纡徐绵长的特色，让情感得以淋漓尽致，缺憾在于因缺少行动的铺垫、渲染，演员需要有高超的表演技巧，才易将观众带入剧情，引起共鸣。因而，若演员工夫不到家，或者剧情过于平直，单折欣赏或可，全剧欣赏则难免有冗余之感。行动中的抒情，其优势在于行动与抒情互相生发，有"戏"有"曲"，显得跌宕起伏，曲折多姿，缺憾在于如处理不好，抒情会拖慢行动的节奏，而行动的不当穿插，亦让抒情有种不尽之感。

再者，本出的时空处理也值得注意。全出包含三个时空，一为卢府，一为法场途中，一为正阳门外。其中有两个时空是对比出现的，一为卢生受死途中，一为卢妻喊冤的金殿。之所以将三处不同时空整合到一起，是因为它们均属于"死窜"这一情节段落，共同交待卢生由荣转死、由死转生的命运跌宕。

昆剧《锦蒲团·守岁》

（丑挑灯上）有福之人人伏侍，无福之人伏侍人。自家管相公家。一个童儿是也。我也新来晚到，弗晓得渠笃深浅，只是我俚家主公，窈窈窕窕，成日伴拉房里子，倒像盖个女客。家中一切事体，尽是家婆做主。今早亦听子上官老爷们说话，要收留姚伯伯个兄弟，看守后门。先叫我打扫干净了一间房屋，放下锦蒲团一个。还有一轴喜容，一条竹篦。弗知啥意思。方才果然来哉。吃子夜饭，换子衣裳，那亦叫我点子灯，领渠进去。主人吩咐，阿有弗走遭个介。哈，新来个阿哥出来，我领你后门头去。（小生扮姚英上）来了。早知今日几戕命，何事当初不惜财。（丑）快点走介步，领子你去，还有哆哈生活来了。（小生）如此，就烦指引。（丑）来来，哪哪，这里是了。你开了门进去，我是去耶。（小生）多劳。多劳。（丑）同墙门兄弟，说介样话。请了。（下）（小生）呀，你看屋宇层层，无非姚氏故居。咳，子孙不肖，一旦为他人所取，此际睹物伤情，好痛心也。（唱）：

[十二红][山坡羊] 一桩桩，是祖宗遗授。一星星，是爹行营构。只争个，换却主人。当日个主人，翻做牛马走。（白）进得门来。你看倒也十分洁净，放着锦蒲团一个。妙吓，我今夜正愁睡不去，不免就在此上，凝坐终宵，以当守岁。（坐介）况古来多少英雄，于此参禅悟道。（唱）[五更转] 看诸缘尽，万虑空，三橡守。（白）啐，

126

唪，唪，才经坐下，就想起往事来了。每年此夕，围炉守岁，泛柏浮椒，何等热闹，不想今日如此冷清可怜。（唱）可怜我孤灯四壁黄昏后。（白）呸，我好差矣。方才若不遇姚勤，此时已作清河之鬼，有此安身之处，就是天堂了，还要这等不知足。（唱）早忘了水国清凉，却妄想香窝锦绣。（白）你看这边墙下，隐隐什么东西，待我看来。（取灯照介）原来是个轴儿。（展介）又装着一条竹篦，不免取来一看。吓，原来是一轴真容。（细看介）吓，这是我父亲的遗像。（哭介）阿呀，我那爹爹吓，我儿久已不见你的容颜了。不想今日重得相见，不免挂在壁上，细细瞻仰一番。（辨介，又哭介）想你在生之日，并不曾见你有一日欢颜笑口，不想这真容呵。（唱）[园林好]也是惨凄凄，庞儿带忧。悲切切眉儿锁愁。（白）你道他为什么来。哪。（唱）[江儿水]都只为逆子病无药可救。（白）难道好人家儿子，撇你在这个所在。今夜除夕。（唱）少不得悬挂中堂，一样的杀羊祭韭。（哭介）（白）呀，细看这竹篦，也是父亲当日，曾经教训我的，只为我不甘受责，致有今日。阿呀爹爹吓，你仪容活现，手泽犹存。今夜把我痛打一顿，这回情愿悔心受教。爹爹，爹爹，孩儿跪在这里，望你痛打一顿。（唱）[玉娇枝]甘心承受。这鞭笞有谁来下手。（白）吓，爹爹爱惜孩儿，不肯下手。罢，我就自打几下。（打介）姚英吓姚英，你这畜生，可打得起。是，是，爹爹，打得起。（又打介）你这不肖的畜生，可打得不差。是。爹爹，打得不差。（唱）一翻夏楚如针炙。料爹行侧目云头。（哭倒介）（丑捧酒肴上唱）[五供养]椒浆柏酒。涓滴是主人高厚。（白）阿哥。阿哥。原来困来里。像是饿伤笃哉。橙子一饱，扒弗起哉。阿哥起来。起来。（小生醒介）我那爹爹吓。（丑）弗是你笃爷。做兄弟来里。（小生）你来此何干。（丑）里面家主公，道是今夜半夜了。赏你一壶酒，一桌菜蔬，还有一百铜钱，买爆杖放个。（小生）多谢家主垂念，却又劳你送来。

（丑）弗是白不你吃个，里向说。（唱）须要晨昏勤照管，出入戒嬉游。（小生）这个自然。（丑）我去哉。明朝答你拜节罢。（唱）愿岁岁相逢，换新更旧。（下）（小生）咳，难得主人好意。赏我酒肴。又是一百钱。咏，不要看轻了。一文钱，端的是四个宝字。（唱）[好姐姐] 从今。方圆识透。一个个黄金铸就。只这酒肴吓。伤心满目如何忍下喉。（白）我想今夜，哪家不祀先，哪家不化纸。（看画愁介）偏我父亲，冷清清坐在破屋里边，也罢，我就将这酒肴，拜祀一番，也尽人子一点念头。（作设酒肴祭拜介）爹爹吓。（唱）[五供养] 你在黄泉含痛恨。谁把纸钱投。（白）只是不肯吃这东西。（唱）享伊残食反遗羞。（白）吓，爹爹，勉强吃些罢，我做儿子的，畏自挣这杯酒来祭你。料想今生也不能够了。（唱）[鲍老催] 习干下流。沟渠已拼一命丢。邱山料难再报酬。（白）蒲团。蒲团。要在你身上，一心参究，务必痛改前非，稍慰亲灵于天下。你就是我的功臣了。（唱）[川拨棹] 多参究。把痴心逐浪沤。学几年面壁潜修。学几年面壁潜修。博一日通身汗流。我那蒲团吓。[桃红菊] 还只望醒耳惊眸。还只望醒耳惊眸。谓是明师兼为益友。（内鸡鸣介）（白）天色已明，不免收拾真容则个。（丑将骰盆上）阿哥起来哉。拜节。拜节。（小生）兄弟怎么说。（丑）今日是大年初一，无啥事务。你有一百铜钱笃做赌本，我搭你掷两掷如何。（小生掩耳介）大年初一，就说这样没正经的话。（丑）新年新岁，极该发发利市。一年掷到头，倒好哉。（小生唱）[侥侥令] 我终身遭破败。都为这孽根由。咏。你好狠心也。指望把学好贫儿来搭救。（丑界）掷两掷吓。（小生连唱）哟。断送我残生不罢休。（丑）弗信道你竟死子念头哉。（唱）：

[尾声] 只怕你偷鸡猫儿心性还依旧。（小生接唱）我早绝却旧时窠臼。（丑）睹是弗肯，我明朝搭你，打介只钉阿使得。（下）（小生）小厮家，说这样野草闲花之事。我自今以后，死也死在这蒲团

128

上，再不出门的了。（唱）只看我铁骨铮铮从今再不柔。（哭下）

评析

《锦蒲团》又名《金不换》，是清代剧作家吴庞的作品。

本出写原本是富家子的姚英嗜赌家破后，将田园卖于他人，今日重回之故园已属他人，是以在故地重游中睹物思情、抚今追昔，深悔平生。这里用到的叙事手段是古典戏曲中最典型的借物抒情。这种叙事看似简单，其实也有难写之处，即触发之物和所抒感情既要连贯，又不能雷同。最佳解决方案，无过于借助具体事件，事件越是具体、有差别、能层层深入，则戏越容易写得精彩。

初进故居，看到"屋宇层层，无非姚氏故居"，只是内心反应还较平淡，"只争个，换却主人。当日个主人，翻做牛马走"，叹息昔日为主、今日为仆，看到锦蒲团，还想"今夜正愁睡不去，不免就在此上，凝坐终宵，以当守岁"，企图淡然视之。但刚坐上，就想到昔日守岁之热闹与今日之冷清可怜，又骂自己妄想，"有些此等安身之处，就是天堂"，要知足，切莫要"早忘了水国清凉，却妄想香窝锦绣"。

人物此处内心的反复纠结，锦蒲团就是第一个触发。

但欲净何能净，否则此出开头仆人奉命安排下的喜容、竹篦还有何用？因此，他又看到父亲的真容遗像，此物比让人解脱的"锦蒲团"更厉害，更迫使他不得不回忆往事。妙就妙在作者没有让他看到遗容就抒发自己的悔恨，而是把悔恨的内容跟看到的遗像面容具体结合，使得写情落在实处，也因而带有特征，能不同于他处的诉情。他此处写父亲遗容带忧，进而回忆想生前也带忧愁，皆因是自己嗜赌无药可救，是个不孝之子。又进而想到，若是孝顺儿子家业兴旺，那父亲的喜容必然悬挂中堂，有酒肉祭祀，何必今日被撤在破窝里。想到自己不孝，连带父亲身后受辱，进而乞求父亲打自己，但遗容不能打，便自己打自己。看到此处，真是"铁石人儿也心酸"，但何以能此呢？皆是因为扣紧了"喜容"这一事、想到喜容一荣一辱不同待遇、想到喜容面带忧愁，所以情绪能前后舒展、左飞右腾，随着回忆步步高涨，自然激发"悔"意，又使此"悔"千变万化。

所以，"喜容"就是第二个触发。与其类似，《琵琶记》赵五娘"描容"中，也是借公婆面容出发来写人物。但此处的更体贴入微一些，因为人物心情纠结复杂胜过五娘。

到此，作者笔锋一转，安排了仆人送酒，赏他一壶酒、一桌菜蔬、一百铜钱，表面上是雪中送炭，给走投无路的主人公以生路，实际上与他心中所想相遇，乃是火上浇油。这是前文所没有交待的第三样法宝。

这样法宝更厉害，前面不过是以哀景写哀情，此处却是以乐景写哀情。有酒有菜有钱，昔日不孝子今日反做孝子，拿来祭奠父亲，可是，父亲却再也吃不到、唤不应、也改不了忧愁了。此处仍然扣住具体的事来写，此番悔又不同于前番，供奉父亲的是别人家的酒食，"享伊残食反遗羞"，按照迷信的说法，谁家酒食优先奉敬的是谁家祖先，这是别人家的酒食，父亲的魂灵纵使来享用，恐怕也要被别人家的祖先羞辱，但"自挣这杯酒来祭你，料想今生也不能够了"。沉痛追悔比单看喜容时又沉一层。

难能可贵的是，一般借多事来抒情，总似狗熊掰棒子，掰一个丢一个，一件事讲完就结束，后面不会再回顾，此戏出神入化令人始料未及之处在于，在"祭酒"结束后，又回到"锦蒲团"上，希望能万念俱寂，不要再来纷扰。如此一来，"锦蒲团"、"喜容"、"酒蔬"这三件事情就浑然一体了。

经历过这三件事，人物内心的挣扎已表达透彻，但或许作者急于想呈现人物悔改吧，是以后面又安排天亮仆人佯装请他赌博，姚英坚拒不从。看似圆满，其实在艺术上，或者是个小小的遗憾。前面所再现的人物内心的追悔，如惊涛骇浪、疾雨惊风，此时突然安排另一人诱赌，违背了"一场一中心"的原则，是个空洞的生硬的尾巴。倒不如写姚英在蒲团上仍众念纷集、追悔难过，忽见赌具，悟误己者皆此物，让其自行决断扔掉、以作天下赌徒之戒为上。

昆剧《千忠戮·惨睹》

程　济　（内白）大师趱路！

[程济随建文帝同上。

建文帝　[倾杯玉芙蓉牌]收拾起大地山河一担装，四大皆空相。

　　　　历尽了渺渺程途，漠漠平林，垒垒高山，滚滚长江。

　　　　（白）我自吴江别了诸徒出门，师弟两人，一路登山涉水，

　　　　夜宿晓行。一天心事，都付浮云，七尺形骸，甘为行脚。

　　　　身似闲云野鹤，心同槁木死灰。

　　　　[倾杯玉芙蓉牌]但见那寒云惨雾和愁织，受不尽苦雨凄风

　　　　带怨长。

　　　　（白）程徒。

程　济　（白）大师。

建文帝　（白）前面是哪里了？

程　济　（白）是襄阳城了。

建文帝　（白）嘎？喔唷！

　　　　[倾杯玉芙蓉牌]雄城壮，看江山无恙，谁识我一瓢一笠到

　　　　襄阳。

二旗牌　（内同白）走吓！

程　济　（白）大师那边有许多车辆来了，我们且躲过一边。

建文帝　（白）是，是，是，躲过一边。

〔建文帝、程济同下。

二旗牌　（内同白）走吓!

　　　　　〔二旗牌、二车夫同上。

二旗牌、二车夫　[同刷子芙蓉牌]颈血溅干将，尸骸零落，暴露堪
　　　　　　　　伤。又首级纷纷，驱驰枭示他方。

旗牌甲　（白）咳! 想皇上杀了许多大臣，就在京城号令罢了，又听
　　　　陈御史之言，凡系哪处人犯，发往本处号令，把头儿装了
　　　　数十车辆，着咱们各处分解。这样苦差，好不耐烦!

二车夫　（同白）其实苦差!

旗牌乙　（白）嗳! 不要说了，起来趱路。

二旗牌、二车夫　[同刷子芙蓉牌]凄凉，叹魂魄空飘天际，叹骸骨
　　　　　　　　谁埋土壤?

二旗牌　（同白）车夫们，把车辆打伙而行，不要催前落后。

二车夫　（同白）吓!

二旗牌　（同白）咳! 俺想那些众公卿，到今日里呵!

二旗牌、二车夫　[同刷子芙蓉牌]堆车辆，看忠臣榜样，枉铮铮自
　　　　　　　　夸鸣凤在朝阳。

二旗牌　（同白）走吓!

　　　　　〔二旗牌、二车夫同下。建文帝、程济同上。

建文帝　（白）吓! 看车儿上都是我臣子的首级，好痛心也!

　　　　[锦芙蓉牌]裂肝肠! 痛诛夷盈朝丧亡，郊野血汤汤。好头
　　　　颅如山，车载奔忙。又不是逆朱温清流被祸，早做了暴嬴
　　　　秦儒类遭殃!

程　济　（白）大师，此乃臣子分内之事，不必悲伤，我们趱路
　　　　要紧。

建文帝　（白）咳! 为我一人，连累万人性命，是我累及他们了!

[锦芙蓉牌] 添悲怆，叹忠魂飘飏，羞杀我独存一息泣斜阳。

女　差　（内白）趱路！

程　济　（白）大师，那边许多犯妇来了，且闪过一边。

建文帝　（白）是，是，是，闪过一边。

　　　　[程济、建文帝同下。女差上。

女　差　（白）趱路！

　　　　[众犯妇同上。

众犯妇　（同白）苦吓！

　　　　[同雁芙蓉牌] 苍苍呼冤震响，流血泪千行万行。家抄命丧资倾荡，害妻孥徙他乡。

女　差　（白）他乡，徙他乡，你们不曾看见那些夫人小姐？砍的砍，剐的剐，还要发教坊，赏象奴，不知死去了千千万万，哪在你们这几百个么？

众犯妇　[同雁芙蓉牌] 啊呀苦吓！叹匹妇沟渠抛丧。

　　　　（同哭）啊呀！

女　差　（白）吓？怎么你们都睡倒了？

众犯妇　（同白）我们鞋弓袜小，走不动了。

女　差　（白）鞋弓袜小走不动？嘿！谁教你们当初，把这个脚，裹得这样一兜兜的，要讨老公的喜欢！你瞧老娘的脚多大，要走一百，就是一百，要走二百，就是二百，好不爽快。快跟我起来走！

众犯妇　（同白）我们实是走不动了。

女　差　（白）啊？你们不走，招老娘的打！

众犯妇　（同白）啊呀！

　　　　[同雁芙蓉牌] 啊呀天吓！真悲怆，纵偷生肮脏，倒不如钢

刀骈首丧云阳。

女　差　（白）趱路！

众犯妇　（同白）苦吓！

[女差、众犯妇同下。建文帝、程济同上。

建文帝　（白）好恼吓，好恼！纵然杀戮忠臣，与这些妇女们何干？

[小桃映芙蓉牌]惨听着哀号莽，惨睹着俘囚状。裙钗何罪遭一网？连抄十族新刑创。

程　济　（白）这也是人间浩劫，天降灾殃了。

建文帝　（白）嗳！

[小桃映芙蓉牌]纵然是天灾降，消不得诛屠恁广。

（白）?！

[小桃映芙蓉牌]恨少个裸衣挝鼓骂渔阳。

男　差　（内白）走吓！

程　济　（白）大师，后面又有许多犯官来了，我们再躲过一边。

建文帝　（白）是，是，是，再躲。

[建文帝、程济同下。男差、众犯官同上。

男　差　（白）走吓！

众犯官　[同普天芙蓉牌]为邦家输忠谠，尽臣职忏强项。

男　差　（白）只因你们要做忠臣，故此圣上特来奉请。

众犯官　（同白）我们久不为官，又来拿解，岂不冤枉？

[同普天芙蓉牌]山林隐甘学佯狂，俘囚往誓死翱翔。

男　差　（白）你们有话，到圣上面前去讲。

众犯官　（同白）呀吓！讲什么？要砍就砍罢了！

犯官甲　（白）吓，列位老先生。

众犯官　（同白）老先生。

犯官甲　（白）总是我们不是，当初无能御敌，直至纵虎归山，悔之

135

晚矣!

众犯官 （同白）是吓!

男　差 （白）好一班不知死活的囚徒!

众犯官 [同普天芙蓉牌]空悲壮,负君恩浩荡,拼得个死为厉鬼学睢阳!

男　差 （白）走吓!

　　　[男差、众犯官同下。建文帝、程济同上。

建文帝 （白）罢了吓罢了。我只道独诛戮朝中臣宰,不想又捕捉那些弃职官员。正人君子吓,定无噍类矣!

　　　[朱奴插芙蓉牌]眼见得普天受枉,眼见得忠良尽丧。弥天元气冲千丈,毒焰古来无两。

程　济 （白）大师,天色已晚,趱路要紧。

建文帝 （白）咳! 我想做忠臣的到这个地位,那些读书的,还要做什么官?

　　　[朱奴插芙蓉牌]我言非戆劝冠裳罢想,倒不如躬耕陇亩卧南阳。

程　济 （白）此处湖广要道,京中来往公干甚多,倘有识认,祸生不测。

建文帝 （白）阿呀! 这便怎么处?

程　济 （白）不妨。我们且赶到武冈州,速往贵州,直至云南,深山居住,方可安身。

建文帝 （白）如此快走。

程　济 （白）大师请。

建文帝 （尾声）路迢迢,心快快。

程　济 （尾声）何处得稳宿梧枝上?

　　　（钟声。）

136

建文帝　（白）咦？程徒，景阳钟鸣了！

程　济　（白）吓，大师，此乃野寺晚钟，非景阳钟也。

建文帝　（白）嘎！咳！

　　　　（尾声）错听了野寺钟鸣误景阳。

程　济　（白）大师趱路。

建文帝　（白）咳！

程　济　（白）咳！

　　　　〔建文帝、程济同下。

评析

　　《千忠戮》一作《千钟禄》，清代传奇，多认为是李玉所作。

　　这是一出场面宏大、人物众多的戏，以建文帝的视角，串起三起忠臣及家属被残杀的事件，表现出建文帝的善良懦弱，以及白色恐怖下人性的高贵、残忍和扭曲。

　　这出著名的戏可分为三个段落，目睹忠臣首级、目睹忠臣女眷被逮、目睹辞官臣子被抓。每一段落的写作都极其规整，先是建文帝哀叹、躲避，然后是被押解的囚徒上场，然后是押解者的评论，最终以建文帝的哀哭结束。一般来说，形式上的处理若过于规整容易显得呆板，束缚思想的表达，其解决的办法或是丰富形式，或者是从事件入手，若每一段落的事件不同，则也可以避开僵硬枯燥之感。在本出中，作者对三个事件进行了不同的处理。

　　首先上场的是不肯投降、发往各地号令的忠臣首级，因为死人的首级无法讲话，所以此处只能安排押送的车夫抱怨"其实苦差"，以他们叹息"魂魄空飘天际，骸骨谁埋土壤"来表达忠臣的悲惨遭遇。

　　第二次惨睹的是押解的犯妇。此次因为押解的是活人，所以写了忠臣家人的哭号，"苍苍呼冤震响，流血泪千行万行。家抄命丧资倾荡，害妻孥徙他乡"，她们兀自哀哭不已。又写了女差对她们的嘲笑，恐吓"不知死去了千千万万，哪在你们这几百个"，幸灾乐祸她们"鞋弓袜小走不动"，乃是"要讨老公的喜欢"，逼勒其快走。不走就打。这里与前一事件相比，引入了一个小小的冲突事件，即犯妇们走不动，哀求女差宽容被拒绝。

第三次惨睹的是众位弃职官员。这个冲突的篇幅较前者为长，层次也比前次的稍丰富。不仅有犯官和男差的冲突，也有官员的自悔"无能御敌，直至纵虎归山，悔之晚矣"，也是对晚明小朝廷耽于内斗、声色，国破家亡的痛定思痛。

事件不同，观察者的内心活动也不同。第一次，建文帝是"裂肝肠！痛诛夷盈朝丧亡，郊野血汤汤。好头颅如山，车载奔忙。又不是逆朱温清流被祸，早做了暴嬴秦儒类遭殃"，自愧"羞杀我独存一息泣斜阳。"第二次义愤填膺，"纵然杀戮忠臣，与这些妇女们何干"，妇女们并无犯上作乱之力，一并杀戮，无非是为了给天下人看不忠于己的下场。第三次叹息"我言非戆，劝冠裳罢想。倒不如躬耕陇亩卧南阳"，无奈的隐逸思想。建文帝已经不是建文帝，不是站在自己皇权、王位立场上，埋怨他们不知反抗，而是站在旁观者立场、普通人立场上，对残酷的压迫表现愤怒和无奈了。

押解者的心情也各有不同。旗牌和车夫既觉"这样苦差、好不耐烦"，哀叹他们不幸的命运，对为虎作伥的马屁精陈御史进行鞭挞和揭露，虽无挺身反抗的机会和想法，但毕竟是同情的。后面的女差完全是幸灾乐祸，非但不同情她们的命运，还恶毒地讽刺她们裹脚是为了讨老公欢喜，妇人之心的嫉妒与狠毒融为一体。到了押解众官时，男差则只顾履行公务，并不关心他们的遭遇，直斥"一班不知死活的囚徒"。若能写出人心从同情到麻木到幸灾乐祸的变化，则此戏规整之中也有变化，集热烈的鞭挞和冷峻的讽刺于一体，置身事件中的各方面人物虽着墨不多，但都写出了不同的精神面貌。

"惨睹"中的叙事手法，其实是对中国古典文学"铺陈"或者"赋"手法的借鉴，通过再三描写"目睹"之事物，来渲染"惨"之情境。其中也有对"铺陈"即反复陈说一件事件的手法，在戏曲特别是地方戏曲中应用十分广泛。如锡剧《珍珠塔》中"见姑"一场，姑妈用各种比喻对侄儿进行了挖苦：

姑　　母　方卿你若有高官做，

　　　　　日出西方向东行。

　　　　　方卿你若有高官做，

　　　　　满天月亮一颗星。

　　　　　方卿你若有高官做，

　　　　　毛竹扁担出嫩笋。

　　　　　铁树开花结铜铃，

　　　　　滚水锅里能结冰。

　　　　　方卿你若有高官做，

　　　　　井底青蛙上青云，

　　　　　晒干鲤鱼跳龙门，

　　　　　黄狗出角变麒麟，

　　　　　老鼠身上好骑人。

　　　　　方卿你若有高官做，

　　　　　除非是重投胞胎再做人。

剧中将各种比喻凑到一处，新颖别致，也表现了姑母气急败坏与刻薄，更为后面方卿中举后姑母羞愧难当张本。"惨睹"则将用语言描写的铺陈改成用事件铺陈，每个单独事件以小见大，虽然也存在一定的戏剧冲突——如官差对犯人的责骂责打——但刻画的重点不是冲突，而是冲突造成的情境中，人物内心感情的激荡和巨大落差，从而起到惊心动魄的效果。

"惨睹"的内容慷慨、言辞动人自是不用说的，然而，作为一出戏，如果从人物行动的角度去考虑，戏的内容还是稍嫌单调了些。因为建文帝改装的身份，剧中未能让建文帝同场上人物进行交流，而仅仅是以旁观者的身份哀叹、流涕，其行动没有上升，只是靠描述忠臣及其亲属的行状来渲染悲情。但设若利用其改装，抓住史书上建文帝仁慈的特点，让建文帝不要每次看到差人就避走，而是在感情激荡下，甚至能挺身而出同押解者、被押解者有些交流，甚至认出其中的某几个人，甚至自暴露身份以换取对众囚徒的宽赦（当然没有成功，因为众人不相信皇帝还活着，不相信面前此一身僧装的和尚是皇帝而指认为狂徒，也因为程济机智地从旁调停）——那么，戏剧冲突和情境将更加尖锐，以听八支曲为特点的"八阳"，将会丰富成"戏"与"曲"一体的"演故事"的好戏，其中可供人回味的余地也可更多。

昆剧《长生殿·禊游》

[**双调引子·贺圣朝**]（丑上）崇班内殿称尊，天颜亲奉朝昏。金貂玉带蟒袍新，出入荷殊恩。咱家高力士是也，官拜骠骑将军。职掌六宫之中，权压百僚之上。迎机导窾，摸揣圣情；曲意小心，荷承天宠。今乃三月三日，万岁爷与贵妃娘娘游幸曲江，命咱召杨丞相并秦、韩、虢三国夫人，一同随驾。不免前去传旨与他。"传声报戚里，今日幸长杨。"（下）

[**前腔**]（净冠带引从上）一从请托权门，天家雨露重新。累臣今喜作亲臣，壮怀会当伸。俺安禄山，自蒙圣恩复官之后，十分宠眷。所喜俺生的一个大肚皮，直垂过膝。一日圣上见了，笑问此中何有？俺就对说，惟有一片赤心。天颜大喜，自此愈加亲信，许俺不日封王。岂不是非常之遇！左右回避。（从应下）（净）今乃三月三日，皇上与贵妃游幸曲江。三国夫人随驾。倾城士女，无不往观。俺不免换了便服，单骑前往，游玩一番。（作更衣、上马行介）出得门来，你看香尘满路，车马如云，好不热闹也。正是："当路游丝萦醉客，隔花啼鸟唤行人。"（下）（副净、外扮王孙，末扮公子；各丽服，同行上）（合）

[**仙吕入双调·夜行船序**]春色撩人，爱花风如扇，柳烟成阵。

行过处，辨不出紫陌红尘。（见介）请了。（副净、外）今日修禊之辰，我每同往曲江游玩。（末、小生）便是，那边簇拥着一队车儿，敢是三国夫人来了。我每快些前去。（行介）纷纭，绣幕雕轩，珠绕翠围，争妍夺俊。氤氲，兰麝逐风来，衣彩佩光遥认。

（同下）（老旦绣衣扮韩国，贴白衣扮虢国，杂绯衣扮秦国，引院子、梅香各乘车行上）（合）

[前腔]（换头）安顿，罗绮如云，斗妖娆，各逞黛娥蝉鬓。蒙天宠，特敕共探江春。（老旦）奴家韩国夫人，（贴）奴家虢国夫人，（杂）奴家秦国夫人，（合）奉旨召游曲江。院子把车儿趱行前去。（院）晓得。（行介）（合）朱轮、碾破芳堤，遗珥坠簪，落花相衬。荣分，戚里从宸游，几队宫妆前进。（同下）

[黑蟆序]（换头）（净策马上，目视三国下介）妙啊，回瞬，绝代丰神，猛令咱一见，半晌销魂。恨车中马上，杳难亲近。俺安禄山，前往曲江，恰好遇着三国夫人，一个个天姿国色。唉，唐天子，唐天子！你有了一位贵妃，又添上这几个阿姨，好不风流也！评论，群花归一人，方知天子尊。且赶上前去，饱看一回。望前尘，馋眼迷奚，不免挥策频频。

（作鞭马前奔，杂扮从人上，拦介）咄，丞相爷在此，什么人这等乱撞！（副净骑马上）为何喧嚷？（净、副净作打照面，净回马急下）（从）小的方才见一人，骑马乱撞过来，向前拦阻。（副净笑介）那去的是安禄山。怎么见了下官，就疾忙躲避了。（作沉吟介）三位夫人的车儿在那里？（从）就在前面。（副净）呀，安禄山那厮怎敢这般无礼!

[前腔]（换头）堪恨，藐视皇亲，傍香车行处，无礼厮混。陡冲冲怒起，心下难忍。叫左右，紧紧跟随着车儿行走，把闲人打开。（众应行介）（副净）忙奔，把金鞭辟路尘，将雕鞍逐画轮。（合）语行人，慎莫来前，怕惹丞相生嗔。（同下）

[锦衣香]（净扮村妇，丑扮丑女，老旦扮卖花娘子，小生扮舍人，行上）（合）妆扮新，添淹润；身段村，乔丰韵，更堪怜芳草沾裙，野花堆鬓。（见介）（净）列位都是去游曲江的么?（众）正是。今日皇帝、娘娘，都在那里，我每同去看一看。（丑）听得皇帝把娘娘爱的似宝贝一般，不知比奴家容貌如何?（老旦笑介）（小生作看丑介）（丑）你怎么只管看我?（小生）我看大姐的脸上，倒有几件宝贝。（净）什么宝贝?（小生）你看眼嵌猫睛石，额雕玛瑙纹，蜜蜡装牙齿，珊瑚镶嘴唇。（净笑介）（丑将扇打小生介）小油嘴，偏你没有宝贝。（小生）你说来。（丑）你后庭像银矿，掘过几多人!（净笑介）休得取笑。闻得三国夫人的车儿过去，一路上有东西遗下，我每赶上寻看。（丑）如此快走。（行介）（丑作娇态与小生诨介）（合）和风徐起荡晴云，钿车一过，草木皆春。（小生）且在这草里寻一寻，可有什么?（老旦）我先去了。向朱门绣阁，卖花声叫的殷勤。（叫卖花下）（众作寻、各拾介）（丑问净介）你拾的什么?（净）是一枝簪子。（丑看介）是金的，上面一粒绯红的宝石。好造化!（净问丑介）你呢?（丑）一只凤鞋套儿。（净）好好，你就穿了何如?（丑作伸脚比介）啐，一个脚指头也着不下。鞋尖上这粒真珠，摘下来罢。（作摘珠、丢鞋介）（小生）待我袖了去。（丑）你倒会作揽收拾! 你拾的东西，也拿出来瞧瞧。（小生）一幅鲛绡帕儿，裹着个金盒子。

143

（净接作开看介）咦，黑黑的黄黄的薄片儿，闻着又有些香，莫不是耍药么？（小生笑介）是香茶。（丑）待我尝一尝。（净争吃，各吐介）呸！稀苦的，吃他怎么！（小生作收介）罢了，大家再往前去。（行介）（合）蜂蝶闲相趁，柳迎花引，望龙楼倒泻，曲江将近。

（小生、净先下，丑吊场叫介）你们等我一等。阿呀，尿急了，且在这里打个沙窝儿去。（下）（老旦、贴、杂引院子、梅香行上）

[浆水令] 扑衣香，花香乱熏；杂莺声，笑声细闻。看杨花雪落覆白苹，双双青鸟，衔堕红巾。春光好，过二分，迟迟丽日催车进。（院）禀夫人，到曲江了。（老旦）丞相爷在那里？（院）万岁爷在望春宫，丞相爷先到那边去了。（老旦、杂、贴作下车介）你看果然好风景也！环曲岸，环曲岸，红酣绿匀。临曲水，临曲水，柳细蒲新。

（丑引小内侍、控马上）"敕传玉勒桃花马，骑坐金泥蛱蝶裙。"（见介）皇上口敕：韩、秦二国夫人，赐宴别殿。虢国夫人，即令乘马入宫，陪杨娘娘饮宴。（老旦、杂、贴跪介）万岁！（起介）（丑向贴介）就请夫人上马。（贴）

[尾声] 内家官，催何紧。姐姐妹妹，偏背了春风独近。（老旦、杂）不枉你淡扫蛾眉朝至尊。

（贴乘马，丑引下）（杂）你看裴家姐姐，竟自扬鞭去了。（老旦）且自由他。（梅香）请夫人别殿里上宴。

红桃碧柳祺堂春，沈佺期

144

（老旦）一种佳游事也均。张谔

（杂）愿奉圣情欢不极，武平一
（合）向风偏笑艳阳人。杜牧

评析

昆剧《长生殿》为清代剧作家洪昇代表作。

这是一出写得极妙极有新意的戏。同样是以他人视角来串起事件，与昆剧《惨睹》不同的是，它以多人视角取代单人视角，写不同人群对同一事件的反应。当然，《惨睹》中的事件描写中，也写到了虽置身于一事件，却因利害关系不同的人群的内心活动，但那是附着于事件的自然流露，并非作者的刻意设计。《禊游》借他人眼光说事的"人工"痕迹更明显些。

该出描写的是杨家兄妹的煊赫气势，但不是以作者的视角眼光来写，而是以剧中人物的眼光来看。这样一来，事件本身获得了双重含义，一则是禊游本身，二则是观察者的内心活动，这两者之间又能够互相对比呈现。相形之下，剧中真正涉及"禊游"的文字不多，主要篇幅用来描述观察者，而写观察者正是为了写禊游者本身。

在这场戏中，上场人物众多，是一出大场面的戏，而人物秩序有条不紊，情节又能节外生枝、别开生面。先是安禄山之游，是一枭雄的口吻；继而是三国夫人之游、众百姓之游。百姓之游与贵妇之游不同。贵妇是"春色撩人，爱花风如扇，柳烟成阵。行过处，辨不出紫陌红尘"，百姓游是"妆扮新，添淹润，身段村，乔丰韵，更堪怜芳草沾裾，野花堆鬓"。

看似禄山之游与百姓之游同三国夫人之游无甚关系，然而作者之笔妙就妙在禄山之游与百姓之游时时扣紧三国夫人之游。禄山目睹众家夫人美貌与财富，生出不臣之心，继而采取行动，追上前去细看，被杨国忠发现，招致嫉恨怀疑，二人矛盾冲突上升，为谗言逼反打下伏笔。众百姓之游的笔墨也处处围绕贵妃，"皇帝把娘娘爱的似宝贝一般"这些闲言语，侧面透露二人恩爱、贵妃得宠，捡到的物品镶红宝石的金簪、凤鞋套儿、鲛绡帕儿，无不是从侧面表现杨氏姐妹之美、生活的骄奢。若只写杨氏兄妹禊游，大多只能停留于风光、盛况的泛泛描写，笔墨单调、难以写出新意来，在加入众人之游后，丰富了戏剧场面，作者又能做处处照应，又笔无闲笔、人无闲人，实属妙笔。

《长生殿》中，杨妃与唐皇才是主角，其他不过是配角，然而此出中，通篇杨妃和唐皇没有上场，只是通过众夫人对话，侧面透露也参与了"禊游"盛事，这又是一个暗场与明场、正写与侧写结合的典范。若一味让主要人物上场，单调又直白，若安排其他角色上场，则灵活变化许多。《长生殿》中这样的例子比比皆是。如"傍讶"中，借称孤道寡摩托和高力士之口，侧面透露唐皇与杨妃不睦事；如"疑谶"中借郭子仪视角写众官奉迎杨氏兄妹、写禄山跋扈；如"窥浴"中，杨妃和唐皇在本出末尾才出现，全篇大篇幅是借宫女视角透露二人洗浴的恩爱；如"偷曲"一出中，在先前"闻乐"、"制谱"中写唐皇与杨妃的独乐乐后，又写众百姓之"众乐乐"，侧面表现百姓对唐皇的爱戴、社会的安定富足，然而凶兆和危机就藏伏于安乐之中。是以在"闻铃"、"情悔"之外又有"看袜"来追忆、评价杨妃，在"闻乐"、"偷曲"之主上与众百姓同乐时，又有"进果"暗加讽喻、评点……这样的处理又别致、又新鲜，借他人视角，则此人心怀可见一二。借能吏视角，则国之危颓可见；借权臣视角，则卧榻之旁有人酣睡；借百姓视角，则社会环境可现。如果这些视角统统取消，只剩唐皇和贵妃视角，任使编剧再苦心孤诣、技巧高卓，也是难以呈现如上这些方面的。

　　这样的结构和角度，建立在作者洪昇对人物事件的深刻理解上。只有对历史有大识见，知晓"安史之乱"二人爱情悲剧的症结所在，方能不拘泥于数人数事，才能有大事件有大安排、大气魄，才能从容不迫四处写来又笔笔不离中心。这样的大手笔，在国外名剧中也是翘楚。

黄梅戏《女驸马·洞房》

[众宫娥、冯素珍、公主同上。

公　主　（唱）龙凤花烛耀眼明，

　　　　　　　洞房今夜喜气盈。

　　　　　　　暗将驸马来观看，

　　　　　　　果然翩翩美郎君。

　　　　　　　眉清目秀多丰采，

　　　　　　　鳌头独占笔扫千军。

　　　　　　　心中暗喜将他来唤——

　　　　　　　他不开言，我怎好作声？

冯素珍　（唱）冯素珍做不得皇家婿，

　　　　　　　弄假成真竟把婚礼行。

　　　　　　　她那里一心要把同心结，

　　　　　　　我这里胆战又心惊。

　　　　　　　怕只怕今宵露破绽，

　　　　　　　冒娶公主罪非轻！

　　　　　　　只望寻个脱身计，

　　　　　　　又谁知身入宫门心不宁！

　　　　　　　无奈何假把诗书念，

　　　　　　　且看动静见机而行。

公　主　（唱）谯楼已打三更鼓，

　　　　　　　驸马默默看诗文。

　　　　　　　想必是入宫未习皇家规，

　　　　　　　怕违宫法倍加小心！

　　　　　初入皇宫，心虚不安，这也难免，宫娥们！

宫　娥　有。

公　主　夜静更深，请驸马安歇了吧！

宫　娥　是。时候不早，请驸马安歇。

冯素珍　知道了，你们伺候公主先睡吧！

宫　娥　是。启禀公主，驸马言道：请公主先睡。

公　主　你们下去。

　　　　　［宫娥下。

公　主　驸马，夜静更深，这书么，明日再读不迟。

冯素珍　本宫向喜夜读，不读诗书，便不能安睡，公主先请，我随

　　　　　后就来。

公　主　（唱）推说读书不肯眠，

　　　　　　　有何心事在心间？

　　　　　　　既然夫妻名分定，

　　　　　　　待我上前问根源。

　　　　　驸马，你有什么心事，难道说我这金枝玉叶之体，就配不

　　　　　上你吗？

冯素珍　公主说哪里话来，想我李兆廷乃是一介寒儒，能有今日之

　　　　　富贵，全仗万岁垂爱，哪里还有什么心事。

公　主　既无心事，为何双眉紧锁？

冯素珍　（唱）公主不必起疑心，

　　　　　　　本宫多谢皇家恩。

149

只怪我在席前多饮酒，

酒涌胸头心不宁。

公主，今日万岁大宴群臣，你派一杯，他派一杯，本宫酒吃多了，故而有些不爽，心想独坐片刻。公主就先请安歇了吧！

公　主　既然驸马饮酒过量，身体不爽，待我叫宫娥烧些醒酒汤来。

冯素珍　多劳公主挂怀，这醒酒汤么就不用了，待本宫送你去睡吧。

　　　　[冯素珍扶公主走。

公　主　驸马日后饮酒，要多加小心。

冯素珍　谢公主！

　　　　[冯素珍送公主下，即上。

公　主　（内声）驸马，你也要早些安歇啊！

冯素珍　（唱）公主那里声声催，

　　　　　　素珍心事诉与谁？

　　　　　　你我都是钗裙女，

　　　　　　怎效鸳鸯比翼飞？

　　　　（夹白）公主啊！

　　　　　　　我为救夫乔装扮，

　　　　　　　无故累你守空帏。

　　　　[公主暗上。

公　主　（唱）久等不见驸马面，

　　　　　　金炉香尽漏声残。

　　　　　　难道说他夜读成性不知倦？

　　　　　　难道说他家乡风俗就是这般？

　　　　　　我看他默默无言灯前坐，

　　　　　　难道说他要成仙得道自炼丹。

150

也罢，待我再去请他。唉，你不来，我也不理你了。

〔公主下。

〔起四更。

冯素珍　（唱）四更鼓打声声紧，

　　　　　　　催得我心绪乱纷纷。

　　　　　　　花烛之夜不共枕，

　　　　　　　公主怎不起疑心？

　　　　　　　明日公主将我问，

　　　　　　　我以何言对她明？

　　　　　　　一旦识破女儿身，

　　　　　　　万岁定要问斩刑！

　　　　　　　事到如今怎么好？

　　　　　　　枉费我救夫一片心。

　　　　　　　我的苦愁深似海，

　　　　　　　公主她怎能知情？

　　　　　　〔公主又上。

公　　主　（唱）四更已过夜沉沉，

　　　　　　　空有锦帐龙凤衾。

　　　　　　　只望选中才子配佳偶，

　　　　　　　谁知空帏独守待天明？

　　　　　　　上前我把驸马望——

冯素珍　唉！——

公　　主　（接唱）只见他坐立不安满面愁容。

　　　　　　〔起五更。

冯素珍　（唱）五更鼓响天将明，

　　　　　　　急得心中如火焚！

看起来满腹心事成画饼，

夫妻俩要相逢除非来生。

公　主　（唱）驸马那里心神不定，

驸马那里珠泪涟涟。

说什么满腹希望成画饼？

说什么夫妻相逢在来生？

思一思来想一想……

我明白了，莫非是有前妻难忘旧情。

冯素珍　天哪！我九死一生，为的是夫妻团圆，谁知……

公　主　驸马！

冯素珍　公主！

公　主　驸马你……

冯素珍　公主，我有罪！

公　主　你有何罪？

冯素珍　我，我未能伺候公主，岂不是有罪？

公　主　驸马，我问你，家中还有些什么人？

冯素珍　老母在堂……

公　主　可有前妻？

冯素珍　这个……

公　主　不要这个那个，纵有前妻，说得清楚明白，我也不见罪
于你！

冯素珍　哎呀！公主呀！事到如今，我不得不实说了！

公　主　讲！

冯素珍　（唱）我本闺中……

公　主　什么？

冯素珍　（接唱）……一钗裙。

公　主　你此言当真?

冯素珍　（唱）公主请看耳环痕。

公　主　他他他，真是个女子?!

　　　　（唱）一霎时使我怒气冲，

　　　　　　　驸马原来是女人!

　　　　　　　想我金枝玉叶体，

　　　　　　　怎能遭受这欺凌?

　　　　　　　昨日金阶宴群臣，

　　　　　　　皇家喜事谁不闻?

　　　　　　　都道我下嫁状元郎，

　　　　　　　谁知女扮男装乱朝廷。

　　　　　　　越思越想越难忍，

　　　　　　　随我金殿面圣君!

冯素珍　（唱）冒犯公主我知罪，

　　　　　　　并非蓄意乱朝廷;

　　　　　　　公主请息雷霆怒，

　　　　　　　且容民女诉冤情。

公　主　讲!

冯素珍　（唱）民女名叫冯素珍，

　　　　　　　自幼许配李兆廷。

　　　　　　　我与他青梅竹马情意重，

　　　　　　　亲生母顺了女儿心。

　　　　　　　不幸李家遭大难，

　　　　　　　爹爹爱富嫌他贫。

　　　　　　　逼奴改配攀富贵，

　　　　　　　诬告李郎送衙门。

153

　　　　　民女只为救夫命，

　　　　　万里奔波到京城，

　　　　　实指望取得功名夫有救，

　　　　　谁知一波未息一波生。

公　主　世间竟有这等之事？

冯素珍　（唱）公主生长在皇宫，

　　　　　哪知民间痛苦情？

　　　　　王三姐守寒窑一十八载，

　　　　　刘翠屏苦度了一十六春。

　　　　　两人都是富家女，

　　　　　一心看中贫穷人。

　　　　　不恋荣华和富贵，

　　　　　愿到寒窑受苦情。

　　　　　还有那杭州读书的英台女，

　　　　　三载同窗爱梁兄。

　　　　　她爹嫌贫贪富贵，

　　　　　将英台嫁马家另攀豪门；

　　　　　花轿走过山伯墓，

　　　　　英台哭得天地惊，

　　　　　坟墓裂开英台进，

　　　　　彩蝶双飞共死生。

　　　　　素珍也遭父母逼，

　　　　　只怪天地不同情。

　　　　　公主也是闺中女，

　　　　　难道不念我救夫一片心？

公　主　（唱）你为救夫乔装扮，

中了状元应回程，

不该进宫招驸马，

误我终身实难容！

冯素珍 （唱）误你终身非是我。

公 主 哪个？

冯素珍 （唱）当今万岁你父亲，

不是君王传旨意，

不是刘大人做媒人，

素珍纵有天大胆，

也不敢冒昧进宫门。

真情实话对你讲，

望念我救夫一片心。

公主救我夫妻命，

没齿不忘你的恩。

倘若公主不肯饶，

我到金阶领罪刑，

处死素珍心无怨，

乞求放出我夫君，

只要我夫能有救，

纵死九泉也甘心。

公 主 （唱）听她哀诉泪涟涟，

铁石人儿也动情，

不愧当今节义女，

怎忍将她问斩刑？

怕只怕父王难饶你！

冯素珍 （唱）望求公主来玉成。

公　主　只怕父王识破，不能饶你！

冯素珍　公主若能相救，民女倒有一计。

公　主　既然如此，随我进到后宫，共商良策。

冯素珍　请！

　　　　〔公主、冯素珍同下。

评析

　　本剧由王兆乾根据传统黄梅戏改编创作而成。

　　本场戏选自传统黄梅戏《女驸马》，整场戏唱多念少，冲突的展开几乎全部依靠唱词，具有浓郁地方戏的风味。本场戏的冲突处理的特点，是外在冲突和人物内心冲突的互相转化和激发，两种冲突结合巧妙，叙事上也十分精当。

　　公主上场时，简略交待今晚的洞房之喜，看到驸马才貌双全而心中暗喜，但因羞怯而陷入"他不开言，我怎好作声"的自我矛盾中。接下来是冯素珍看到公主面露喜色，提心吊胆，思想"冒娶公主罪非轻"，只得定下拖延之计，"无奈何假把诗书念，且看动静见机而行"。剧中人陷入内心挣扎、犹豫之时，从形式上看，二人没有形成言语上的外在交锋，但这并不意味着冲突的缺失。剧情情境揭示的二人皆是女身是一个潜在外部冲突，这个外部冲突作用于情境，形成当事人冯素珍的内心冲突。她的犹豫、退让这一外部举动，又引起公主的内心活动。二人心中所思的不一致，事实上也构成了误会和冲突。当然，这种冲突只有观众知晓。另外，对峙的双方在对另一方的心理做出猜测、预期时，这种猜测和预期势必会影响到猜测者的心理活动、判断决策并进而影响到她的外部行动，而外部行动又是构成外部冲突的基础。比如公主听到驸马说"夫妻相逢待来生"，误以为驸马停妻再娶，这自然是不知驸马是女身而产生的误会，并进而追问其"前妻"，发现真相而剧情大白。

以上冲突是以人物内心冲突为主、外在冲突为辅，公主"追问"和冯素珍"答辩"，标志着冲突由内在转向外在，此处的叙事以外在冲突为主，而以内在即人物内心的转变为辅。冯素珍道出自己是女身，公主勃然大怒，当即要"金殿面君"，素珍哀求诉冤，自道夫妻团圆不易、又举前人为例，换得公主暂时的怒气平息。又指出，误公主终身的是"万岁"、是"刘大人"，又继而哀告自己死而无憾，但愿"放出我夫君"。既晓之以理又动之以情，最终打动了公主。经过一番内心活动（极简短），她愿助一臂之力，救他夫妻团圆。这里的冲突也是步步上升的。

这也是戏曲中常用的冲突处理方式。此处方式既能照顾到人物外在冲突，又在内心冲突中给了人物抒情的空间，人物的外在冲突、内在冲突交替进行，外在时空和内心时空穿插安排，互相促进，又使得戏显得灵活多变又酣畅淋漓。

在京剧《辛安驿》中，也有类似的"假凤虚凰"情节。赵雁蓉一家受奸臣迫害，为避难故而姐妹改装，假称兄妹。却被开黑店的周凤英母女看上，强逼成亲。在洞房之中，同样面临着"女新郎"的困境。请看剧本：

周凤英 （内南梆子导板）谯楼上打罢了三更三点，

　　　　〔周凤英出帐。

周凤英 （南梆子）感月老暗地里红线来牵。

　　　　　　走向前轻轻地把夫君呼唤，

　　　　〔周凤英推桌，赵雁蓉故做不醒。周凤英至窗口，撕窗纸，
　　　　撮纸捻儿，捅赵雁蓉鼻子。赵雁蓉醒，周凤英急回帐内，
　　　　假睡，赵雁蓉推周凤英醒。

在京剧中，为了摆脱成婚的困境，赵雁蓉只好装睡——这与黄

梅戏女驸马中的"不睡"相映成趣。然而成婚心切的周凤英几次三番弄醒装睡的赵雁蓉,二人以手比画争论。周让赵上床睡觉,自己坐在椅子睡。赵上床,周剥赵靴子,发现是小脚而真相大白。剧本虽然简略,在表演上层次非常丰富,是一出典型的做功戏。

然而,与黄梅戏《女驸马》大开大阖、激动人心的戏剧情境相比,京剧《辛安驿》中人物缺乏大的行动,情节的安排也流于琐碎。其原因之一,在于《辛安驿》建国后经过了净化,剔除了里面色情、低级的成分,周凤英变成活泼调皮的女强盗,而赵雁蓉也是一个爱开玩笑的年轻姑娘,所以只能变成打打闹闹的开玩笑。原因之二,《辛安驿》中的人物关系有问题。我们需要清楚的是,无论是什么样的人物、什么样的主题,一出以讲故事、情节为重的戏中,必须要有人物精彩的行动,主题的净化与人物的提升都不是情节失策的借口。如果考虑到《辛安驿》中,周凤英为嫁给赵雁蓉而安排过比武,而赵雁蓉输了的话,此处让赵雁蓉起意报复,戏弄周凤英——周凤英生性本是打打杀杀的性格,此时让她装斯文、装羞羞答答,就是对她最大的挑战——那么人物将可获得有上升空间的行动,人物的冲突也从玩笑变成真正的冲突。

下面谈谈本场戏"时空"上的处理。

剧中以"谯楼更鼓"体现时间的流逝,这是戏曲中惯用的压缩时间、集中情节的手法,在京剧《失空斩》"探子三报"中,"三报"接踵而至、间不容发,报子的语言也几乎没有差别,从舞台时空上看,三报时间间隔十分短暂。在常规的戏曲"数更"中,往往辅以较长的唱段以体现时间的流逝,典型的如京剧《坐楼杀惜》中的"数更",在"数更"的等待中,人物对彼此的憎恶也在增加。这两出戏中,每一次"数更"流逝的时间是均等的,人物的语言变化相差也不大,黄梅戏《女驸马》第四场的"数更"则不如此。在三更鼓时，驸马自称"向喜夜读"，又声称酒醉；公主见招拆招，要陪读，上醒酒汤。在四更鼓时，冯素珍想到夫妻团圆堪忧而焦虑，公主发觉了他的坐立不安。四更与三更的情节相比，三更舒缓而四更紧急，三更到四更的转化舞台时空较长，而四更到五更的转化则短。考虑到五更是"发现"和"突转"的大变化，四更更像简短的蓄势和压缩，公主在四更中发现的驸马面有愁容，在五更发现了面有泪痕，以及听到"夫妻相逢在来生"，引进进一步的诘问和新一轮冲突。这里的时空流逝并非简单的情节重复，绝无雷同之感。

相形之下，"探子三报"中，考虑到剧中军情紧急的前提，这种处理并不因与人们生活常识相差太大而引起失真之感；京剧《坐楼杀惜》中，时间流逝中仅仅是"上前将他（她）搂定"、"持刀想将他（她）杀"，显得太雷同简陋；而黄梅戏《女驸马》中的"数更"对人物性格和戏剧冲突扣得更准、挖得更深，也更富有艺术感染力。

黄梅戏《天仙配·分别》

[七仙女与董永上。

七仙女　（唱）树上的鸟儿成双对，

董　永　（唱）绿水青山带笑颜。

七仙女　（唱）随手摘下花一朵，

董　永　（唱）我与娘子戴发间。

七仙女　（唱）从今不再受那奴役苦，

董　永　（唱）夫妻双双把家还。

七仙女　（唱）你耕田来我织布，

董　永　（唱）我挑水来你浇园。

七仙女　（唱）寒窑虽破能避风雨，

董　永　（唱）夫妻恩爱苦也甜。

二人合　（唱）你我好比鸳鸯鸟，比翼双飞在人间。

董　永　娘子，我们走了半日，就在这里休息片刻在走吧。

七仙女　好，董郎，你的衣裳破了，待我与你缝补。

董　永　多谢娘子，娘子，这是什么？

七仙女　嗯……

董　永　哎呀，你有喜了，待我谢天谢地，噢，娘子，你在此稍坐
　　　　片刻，我去到大市街前雇一顶小轿来抬你回家。

七仙女　董郎，不必花费银钱。

董　永　唉，娘子，你是要做母亲的人了，快些坐下龙归大海鸟入林，董永今日回家门那，娘子身怀有了孕，更叫董永喜在心，欢欢喜喜度日月，朝朝暮暮不离分那，抬头只见槐荫树，你是我的大恩人，拜谢拜谢多拜谢。

七仙女　七女一旁更伤心。

董　永　娘子，你也来拜上几拜。

七仙女　为妻身怀有孕不能下拜。

董　永　那你就歇息歇息吧，噢，娘子，我到想起一件事来了，当初你我夫妻成婚之时，那一主婚老汉言道，来年你若生下一男半女，他还要讨喜酒三杯，你可记得？

七仙女　记得的。我歇息片刻也就是了。

董　永　噢，娘子，我去至前村讨杯水来与你解渴。

七仙女　董郎，你，你快去讨来。

董　永　我去去就来。

七仙女　（唱）今日回家身有喜，

　　　　　　　笑在眉头我喜在心里，

　　　　　　　娇儿生下地，

　　　　　　　两眼笑眯眯，

　　　　　　　董郎欢喜我也欢喜，

　　　　　　　谁人不夸我好夫妻。

　　　　　　　穿针引线缝补董郎衣，

　　　　　　　一针一线有我的心意，

　　　　　　　猛然一阵狂风起，

　　　　　　　吹得七女心惊疑。

天　将　参见七公主。

七仙女　你，你到此何事？

天　将　奉了玉帝旨意，命公主今日午时三刻返回天庭。

七仙女　你，你说什么?

天　将　只因玉帝得知公主下凡之事，龙心大怒，限你速速回去。

七仙女　我与董郎夫妻恩爱，怎能忍心抛别于他。

天　将　公主，玉帝令出如山，你若违抗，他就要派遣天兵天将提
　　　　拿与你。

七仙女　就是死在刀兵之下我也决不回转天庭。

天　将　是，是，是。（下）

七仙女　（唱）父王命我回天庭，

　　　　　　　晴天霹雳起灾星，

　　　　　　　我与董郎恩爱深似海，

　　　　　　　利剑难断我夫妻情，

　　　　　　　熬过付家百日苦，

　　　　　　　好比是熬过黑夜到天明，

　　　　　　　我愿做凡人不做神，

　　　　　　　要我回去万不能，

　　　　　　　我再把难香来烧起，

　　　　　　　拜求大姐快来临。

天　将　（上）参见公主。

七仙女　你，你又来做甚?

天　将　只因玉帝二次颁下旨意，限你速速回。

七仙女　休再啰嗦，我是决不会回去。

天　将　公主，你焚烧难香又有何用，大公主已经犯罪，已被打入
　　　　天牢。

七仙女　（唱）大姐为我犯罪行，

　　　　　　　被父王打入天牢难脱身，

父王父王心太狠，

纵把我粉身碎骨不回天庭。

天　将　公主，你若再执迷不悟，他就要……

七仙女　要怎样？

天　将　要将董永碎尸万段，公主，今日午时三刻在南天门恭候仙
　　　　驾，小神去也！

七仙女　（唱）父王起了狠毒意，

万把钢刀刺在心，

捉拿七女我不怕，

伤害董郎万不能，

我今若离董郎去，

他孤身只影怎为生，

衣裳破了谁缝补，

受暑受凉谁操心，

含冤受屈向谁诉，

谁为他同甘共苦共解愁闷，

倘若再当长工汉，

谁为他，谁为他织绢来赎身，

我今若不上天去，

怕的是董郎命难存，

左难右难难坏了我，

董　永　娘子，娘子……

七仙女　我对董郎怎吐真情？

董　永　娘子，方才好一阵狂风，哎呀呀，只刮得天昏地暗，娘子，
　　　　你有没有受惊呀？

七仙女　为妻躲在大树旁边，倒也无事。

163

董　永　这就好了，哦，娘子，方才我遇见一个庄户好友，向他要
　　　　来一个梨子，几枚枣子，你将就吃了吧。

七仙女　你自己吃吧。

董　永　唉，我是特地要得来送把娘子充饥解渴的。

七仙女　董郎，这乃是不祥之物。

董　永　怎见得？

七仙女　枣梨枣梨夫妻迟早分离。

董　永　唉，说什么夫妻分离，这乃是一句好口才，这叫做早生贵
　　　　子永不分离。

七仙女　早生贵子永不分离，董郎，你看那边有几个孩童他们在做
　　　　什么？

董　永　这是在放风筝。

七仙女　那风筝因何直上云霄？

董　永　他们的线儿断了。

七仙女　为妻将它好有一比？

董　永　比做什么？

七仙女　风筝断线好比为妻上天。

董　永　娘子你比得对呀，我夫妻今日离开付家回转寒窑，真像从
　　　　地狱里爬上了天堂一样啊！

七仙女　董郎你……

董　永　娘子，你为何面带泪痕？

七仙女　这，这是迎风泪。

董　永　有道是，迎风泪，点把点，伤心泪，掉满脸！

七仙女　董郎你，衣裳补好了，来穿上吧。

董　永　衣裳破了娘子补，我穿在身上暖了心那，当初上工我是单
　　　　身汉，今日回家夫妻同行。娘子，那厢芦花长得茂密，我

去扯些芦花做一样东西，我去去就来。

七仙女 （唱）董郎前面匆匆走，

　　　　　七女后面泪双流，

　　　　　他那里笑容满面多欢喜，

　　　　　哪知道七女心中有无限忧愁，

　　　　　今日他衣裳破了有人补，

　　　　　又谁知，补衣人不能久留。

　　　　　心中只把父王恨，

　　　　　何不让我夫妻同到白头！

董　永　是呀，我们虽然贫寒，这三杯喜酒是一定要请他喝的。

七仙女　嗯，董郎，你手中何物。

董　永　噢，这是一把扫帚，我离家已有百日，寒窑之中一定肮脏不
　　　　堪，今日回去一定要打扫得干干净净，才好让娘子你住呀！

七仙女　多谢董郎。

董　永　娘子，我们走吧，天快正午了。

七仙女　天快正午了，董郎，你看红日当头，炎热得很，这有白扇
　　　　一把你拿去扇凉。

董　永　多谢娘子。

七仙女　嗯，董郎我在上面写的有几行字，你可曾看见。

董　永　噢，槐荫树下遇仙姬，恩爱情深好夫妻，只望白头同到老，
　　　　谁知鸳鸯两分离。

七仙女　董郎，你可解其中之意？

董　永　这就解不开了。

七仙女　解不开。

董　永　娘子，你看，那河岸好似一对鸳鸯。

七仙女　正是一对鸳鸯。

董　永　那一只为何低头哀鸣，这一只为何拍膀展翅？

七仙女　董郎，它们乃是一对鸳鸯，今日雌鸳鸯要离别雄鸳鸯上天，故而雄鸳鸯低头哀鸣。

董　永　我却不信。

七仙女　待我叫来，雌鸳鸯雌鸳鸯今日你要上天，你为何不展翅高飞？

董　永　娘子，我也叫这一只上天，雄鸳鸯雄鸳鸯你为何不随它一同上天，你飞呀，你飞呀，你不上去，娘子我为何赶它不走？

七仙女　董郎，那雌的乃是一只仙鸟，故而它能够上天，这雄的乃是一只凡鸟，你叫它怎能上天！

董　永　娘子，你今日怎么与往日不同，它们既是一对恩爱夫妻，你就不该活活将它们拆散！

七仙女　唉，董郎啊，董郎休要怪为妻，这鸳鸯好比我与你，那雄的就是董郎夫，雌的就是你的妻，有道是夫妻本是同林鸟，大难来时各自飞。

董　永　只望白头同到老，谁知鸳鸯两分。娘子，你，你真是一个……

七仙女　董郎，为妻乃是玉帝膝下七女，是我私自下凡与你成婚，不料被父王知道，他他他，他命我今日午时三刻返回天庭……

董　永　从空降下无情剑，斩断夫妻各一边，说什么夫是凡人妻是仙，既与我成婚就不该上天，娘子，我要找那主婚老汉！

七仙女　董郎，你知道他是哪个？

董　永　他是哪个？

七仙女　他乃是本方土地。

董　永　本方土地，本方土地，土地神来，土地神，当初你是主婚人，今日她要上天去，你你你，你为何不来显神灵。娘子，当初你我成婚之时，是槐荫树为媒，我要找媒人讲理！

七仙女　董郎，我劝你不找也罢！

董　永　我要找它，槐荫树，槐荫树，当初我夫妻成婚之时蒙你开口为媒，今日娘子她，她要上天，你为何不见她留下，你开口讲话，你与我开口讲话！

七仙女　董郎，你叫也无用了！

董　永　娘子，当初成婚是应在这第三声上，槐荫树你开口讲话，你开口讲话，你开口讲话呀！

七仙女　他乃是哑木头。

董　永　（唱）哑木头来哑木头，

　　　　　　　　连叫三声不开口，

　　　　　　　　成婚之日你为媒证，

　　　　　（白）今日你为何，老红媒，

　　　　　　　　不把娘子不把娘子留！

七仙女　（唱）恩爱夫妻难割舍，

董　永　（唱）娘子不能把我丢。

　　　　　（合）董郎夫／娘子妻，啊！

七仙女　（唱）午时三刻就要到，

董　永　（唱）拼死我也不放手。

天　将　午时三刻已到，公主还不速速上天！

董　永　我是绝不让娘子重返天庭！

天　将　再若迟疑，定将董永碎尸万段！

七仙女　休要伤害董郎，我来了，我来了！

董　永　娘子！

七仙女　董郎！

　　　　　〔天将发威，董永昏倒。

七仙女　董郎，董郎，董郎！

　　　　　（唱）董郎昏迷在荒郊，

167

哭得七女泪如涛，

你我夫妻多和好，

我怎忍心，董郎夫，

啊，将你丢抛，将你丢抛，

为妻若不上天去，

怕的是连累董郎命难逃，

扯片罗裙当素笺，

咬破中指当羊毫，

血泪写下肺腑语，

留与董郎醒来瞧，

来年春暖花开日，槐荫树下，

董郎夫，啊，把子来交，把子交，

不怕天规重重活扯散，

我与你天上人间心一条！

　　　　〔七仙女下。

董　永（醒）娘子，娘子！

　　　　（合）来年春暖花开日，

　　　　　　　槐荫树下把子交，

　　　　　　　不怕你天规重重活扯散，

　　　　　　　天上人间心一条，天上人间心一条！

　　　　〔剧终。

评析

　　本剧系班友书据传统剧目改编创作而来。

　　在黄梅戏《天仙配》中，"路遇"和"分别"是两出互为照应的折子。"路遇"表现的是二人的"聚"，充满了喜剧意味和神话色彩，七仙女的性格是俏皮、活泼的，她采用了许多行动（阻拦对方、拿走对方雨伞）简直是"逼迫"对方成亲；"分别"表现的是二人的"散"，悲剧和惜别的意味较浓，此时的七仙女悲伤、无助，处处以暗示启发，奈何对方沉浸在"夫妻双双把家还"的美好憧憬中。这两出戏放在一起看，是非常有意思的。在"路遇"中，要写双方成亲，却偏偏写七仙女挡对方的路、抢对方的伞，做出种种"恶"的行为；在"分别"中，七仙女没有了前番的"霸气"，她心知分别在即满腹忧伤，剧作中却处处强调董永的满心欢喜、浑然不觉。

本场中的情节可分为三个部分，一为归家，二为告诉实情，三为分别。其中第二部分是刻画的重点，第一部分是第二部分的铺垫，剧本非常简略地交待了二人归家重来槐荫树下、七仙女身怀有孕两件事，而第三部分通过董永对天地、对主婚的老槐树的质问，完成了本剧分别的高潮，属于第二部分的延伸。本场在大的情节撷取和冲突、悬念上并无过人之处——戏曲本来就并不偏重于悬念和冲突，本场也不在于通过人物心理的细腻刻画完成人物的塑造——如七仙女不忍心将坏消息告诉董永。

第二部分中，七仙女的各种借物托志是本段的亮点，也充分体现了中国传统叙事所提倡的含蓄与言外之意。其中有：

董永寻来梨子和枣子为七仙女解渴，七仙女触景生情，说是不祥之物，董永却以为是吉兆，说是早生贵子永不分离。

七仙女以风筝作比，暗示对方"为妻上天"，对方却以为是夫妻改天换日、从地狱到天堂之兆。

董永扯芦花做扫帚欲打扫房间，而七仙女却给他看白扇题诗。

七仙女在诗里已经写得很明显了，但憨厚的董永硬是不解，七仙女只好指一对鸳鸯作比。七仙女叫雌鸳鸯上天，董永也叫雄鸳鸯上天，奈何雄的飞不动，七仙女只得将真情告诉了董永。

在以上的托物言志中，七仙女的暗示越来越明显，董永对幸福生活的憧憬越来越具体，二人的冲突不是行动上针锋相对的冲突，而是意愿上不协调的冲突。如果说在"路遇"中是"不打不成交"，以七仙女的"恶"反衬董永的"善"，那么，在"告知真象"这一情节中，编剧的叙事线索是对比，以乐景写哀情，渲染夫妻分别的悲怆。如果与越剧《梁山伯与祝英台》中的"十八相送"相比，《天仙配》"分别"的叙事特色更加明显。请看"十八相送"的部分剧本：

祝英台 （唱）过了一山又一山，

梁山伯 （唱）前面到了凤凰山。

祝英台 （唱）凤凰山上百花开，

梁山伯 （唱）缺少芍药共牡丹。

祝英台 （唱）我家有枝好牡丹，梁兄要摘也不难。

梁山伯 （唱）你家牡丹虽然好，路远迢迢摘不来。

祝英台 （唱）青青杨柳清水塘，

     鸳鸯成对又成双。

     梁兄啊，英台若是红妆女，

     梁兄你愿不愿配鸳鸯？

梁山伯 （唱）配鸳鸯，配鸳鸯，

     可惜你英台不是女红妆。

银　心 （唱）前面到了一条河，

四　九 （唱）漂来一对大白鹅。

祝英台 （唱）雄的就在前面走，

     雌的后面叫哥哥。

银　心 （唱）你家相公像只鹅。

祝英台 （唱）可叹你梁兄像只呆头鹅。

梁山伯 （唱）既然我是呆头鹅，

　　　　　　从今你莫叫我梁哥哥。

祝英台　（唱）眼前一条独木桥，

　　　　　（白）啊梁兄，

　　　　　（唱）我心又慌胆又小。

梁山伯　（唱）愚兄扶你过桥去。

祝英台　（唱）你我好比牛郎织女渡鹊桥。

　　　　　　这里还有一口井，

　　　　　　不知井水多少深。

　　　　　　你看井底两个影，

　　　　　　一男一女笑盈盈。

梁山伯　啊？诶，

　　　　　（唱）愚兄明明是男子汉，

　　　　　　你为何将我比女人？

祝英台　（唱）观音大士媒来作啊，

　　　　　　来来来，你我双双来拜堂。

梁山伯　（唱）贤弟越说越荒唐，

　　　　　　两个男子怎拜堂？

银　心　（唱）远远过来一头牛，

四　九　（唱）牧童骑在牛背后。

祝英台　（唱）对牛弹琴牛不懂，

　　　　　　可叹你梁兄笨似牛。

梁山伯　（唱）贤弟说话好气人，

　　　　　　将我比牛不该应！

　　　　　　四九跟我回山去，

　　　　　　不送你英台到长亭。

　　二剧都充分运用了中国叙事传统中"托物喻事"的手法，不过

171

"梁祝"是"喜","天仙配"中是"愁","十八相送"中人物没有把话点透，而"分别"中人物说出了真相。如果就叙事效果来看，牛郎与七女之间真挚的感情、无奈分手的悲愤是相当感人和酣畅地得到了表达，而梁山伯与祝英台之间"打哑谜"似的猜不透，也具有一定的戏剧张力。只是，"分别"中七仙女是仙子，所以所选的事物并非就事取景，而是运用神仙变化即事造景，所以各桩比喻之间的联系更有机。此外，围绕这些比喻，"分别"的篇幅展开的也较充分，不似"十八相送"中，两人仅争辩一句是非就结束。再者，"分别"中人物不仅有外在语言上的交锋，也有人物内心活动的呈现，如七女"董郎前面匆匆走，七女后面泪双流，他那里笑容满面多欢喜，哪知道七女心中有无限忧愁"的有苦难诉，使得人物性格鲜明，人物动机也很明朗。"十八相送"若除了肢体动作之外，对人物内心活动略加交代，强化一下祝英台的机智与无奈，梁山伯的憨厚与委屈，戏剧张力将会得到进一步加强。

"借物喻事"是戏曲中的常见手法，可以让剧情离开直接诉情的窠臼，获得更多丰富与变化。当然，如果不借物而直接说出，情节并不一定会平直、缺少韵味，然而却必须写人物的正面冲突，或着笔于人物"欲言不忍"的内心冲突，或写人物之间的辩论。如今人乔谷凡的淮剧《吴汉三杀》中就是这样的处理。吴汉迫不得已杀妻，从一更到三更，迟迟下不了手。

请看一段剧本：

吴　汉　（唱）四更杀她心不忍，

　　　　　　　五更不杀罪滔天。

　　　　　　　剑藏已久怕迟钝，

　　　　　　　钝刀割肉，痛苦实难言。

　　　　　　　剑儿磨得快又快，

　　　　　　一剑下，头落地，

　　　　　　少受痛苦，也是我一番心意待玉莲。

吴　汉　　公主，本官要磨剑。

王玉莲　　驸马，这是内房卧室，不是磨剑的所在。

吴　汉　　剑无锋，将无志。卧室磨剑，又待何妨。

王玉莲　　如此，快取磨剑石前来。

宫　女　　来也。（捧磨剑石上）

王玉莲　　驸马，深夜磨剑，作甚啊？

吴　汉　　我要杀人！

王玉莲　　你要杀什么人？

吴　汉　　家国的仇人！（宫女惊下）

王玉莲　　驸马，我与你洒上清泉！

吴　汉　　有劳了。

王玉莲　　（同唱）妻洒清泉夫磨剑，

　　　　　　　　　这真是夫唱妇相随。

吴　汉　　（唱）泉如血——

王玉莲　　（唱）泉如泪——

吴　汉　　（唱）磨石声声如闻悲。

　　　　　　公主，来来来……

　　　　　　伸出头来试试剑锋快不快。

　　　〔吴汉杀玉莲。

　　　〔玉莲惊而避开。

　　在这一段中，就突出了吴汉杀玉莲的心理活动，杀其不忍，不杀又不能够，故而磨剑，以求减少痛苦。在三杀中，王玉莲以为夫君中邪，替其祷告上天，吴汉又执剑杀来，二人有一番争论。请看剧本：

吴　汉　（唱）吴汉我举宝剑进门就砍！

　　　　　　……

王玉莲　（唱）啊呀，我的驸马呀……

　　　　　　我双手夺过杀人剑，

　　　　　　有情人哀求无情人。

　　　　　　既然杀妻已成真，

　　　　　　且容玉莲问原因。

　　　　　　莫非是妻待婆母不孝顺？

吴　汉　（唱）你对婆母胜娘亲。

王玉莲　（唱）莫非是妻对祖上不恭敬？

吴　汉　（唱）你至诚一片敬亡灵。

王玉莲　（唱）莫非是妻对夫君少恩爱？

吴　汉　（唱）恩爱之情比海深。

王玉莲　（唱）莫非是为妻举止失礼仪？

吴　汉　（唱）人人都夸公主是贤人。

　　　　　　……

　　此处的直写就围绕二人辩论、陈述进行。这种方式在话剧中或失于单调呆板，在戏曲中由于叙事手段的丰富——歌唱以及丰富的人物身段动作——反倒有助于酣畅淋漓的抒情。

川剧《文武打》

[陈仲子上。

陈 （对子）茅垦复霜草，窗外日迟迟。（白）学生陈仲子。刻岁仲冬，家母身染沉疴，医人屡治无效。昨闻老母望子心切，不顾朝露，径往东庄一望，以尽人子之道。母有爱子之心，杀鹅肉与子充饥。圣人有云：见其生不忍见其死，闻其声不忍食其肉，是以君子远庖厨也。当母在床，不好拒绝，也只好忍而食之。出得庄来，寻一幽静地方，待我来挖而吐之。哎哎喂！

[齐人上。

齐 （对子）一生坐享荣华贵，只想一天一个醉。（白）南庄赴宴而归，佳肴美酒，尽力饱餐，不觉酩酊大醉。待我来找一个偏僻之所，挖而吐之。哎哎喂！

陈 哎哎！（互应三声）

齐 呀！老爹正在一旁哇而吐之，是何人竟敢学起老爹来了？待我观看：（四顾）原来是仲子这个穷酸。我不给他一点颜色看，他不知道老爹的厉害。去你娘的！

（一拳）

陈 哎呀……学生正在一旁挖而吐之，不知何人拦腰击我一拳？待我观看：原来是齐人这个狗才。此人横蛮凶猛，不用瞅睬于他，我当行小道而避之。

齐　我行小道而拦之。

陈　我往大道而藏之。

齐　我往大道而截之。

陈　唉唉唉，齐老先生！学生行小道，你亦行小道；学生行大道，
你亦行大道，未必然这两条道路，竟被你一人独霸了乎？

齐　独霸便独霸，你把老爹做个啥？

陈　哽！我倒想说你两句……

齐　说我什么？

陈　你呀！乞儿待我如何？

齐　哼！乞儿便是个乞儿；我这个乞儿，就与你那些乞儿大不相同。

陈　乞儿便是乞儿，又有什么不同？

齐　我一日之餐，当你平生之用。

陈　你浑身臭气，怎比我一世之香！

齐　你僻居于邬陵，好一似缩头的蚯蚓。

陈　求乞于东郭，恰似那伸颈的鹭鸶。

齐　你别母离兄，那成天理！

陈　你旷妻弃妾，怎晓人伦！

齐　捡烂李子充饥，你与那蛆蟛虫争食。

陈　赴祭孤酒过活，你与那魑魅鬼分赃。

齐　织芦席打草履，做你那贫贱的生活。

陈　抱箪瓢持竹杖，现出你那丑态的行藏。

齐　裸裸身旁，全无半扎罗哆。

陈　你嘴上油腻，恰有一寸多厚。

齐　你羊披虎皮，终不济事。

陈　瘦狗筋多，你少讨明目。

齐　明目不明目，放你娘个驴子大布。

陈 请问齐老先生，布者何也？

齐 布呀屁，屁呀布，倒放你娘个驴子大布。

陈 哎呀呀呀呀呀，我道此人有经天纬地之才，却原一屁之谈。我当
  远以避之。

齐 转来！

陈 齐老先生。

齐 饿殍！

陈 学生去得好好的，叫生转来意欲何为？

齐 老爹今天说你不过，我要过打。

陈 要打……请问齐老先生，或是文打？或是武打？

齐 何为文打？何为武打？

陈 若论文打，彼此头戴儒冠，身着蓝衫，你一言，我一语，则为
  文打。

齐 武打呢？

陈 武打？（过场）去下蓝衫，你一拳，我一脚，则为武打。

齐 我也不文打，我也不武打，老爹给你个半文半武的打。

陈 齐老先生，文打则文打，武打则武打，何为半文半武的打？

齐 你脱我不脱，你安桩我来打。

陈 早晓得我今天要挨打，我该吃两包壮筋丹。

齐 早晓得我今天要打人，我该吃两包大力丸。

陈 哎哟，遇文王施礼义。

齐 逢桀纣动干戈。（脱衣）

陈 齐老先生，你那拳头要放轻省些。

齐 君子不重则不威。

陈 好威势。请打！

齐 少说！安桩啊！去你娘的！（一拳）

陈　（边起边叫）哎呀呀呀呀，齐老先生你可知道来而不往？

齐　这！你莫非要打？

陈　好说了！

齐　那如此我安桩你就来打。

陈　承倒，齐老先生，你看学生的拳头来了哟！

齐　你打哟！

陈　待我来打……唉呀，不可呀，不可！我这拳头打将下去，犹如泰山压顶，齐人必要呕血身亡，又道是：见其生者不忍见其死，这便如何是好？不如用指花挂他一下，也就足够也……哎呀，不可呀，不可！学生指花甚长，划伤齐人，流血如注，又道是：身体发肤乃父母遗体，不可损伤。寻一个军器打他。（看介）幸甚呀，幸甚！路旁有草棒一株，不如以草击之罢了。来了！承住！

齐　你打啊！

陈　带我打来……哎呀，不好！草棒甚长，击之过重，不如去了上下枝节，以中节击之，也就够了。（打，将草插入齐之须内）

齐　穷酸，你怎么不打？

陈　有僭了。

齐　哟！你拿匹茸草来奚落老爹，老爹给你一顿乱打。

　　〔齐、陈殴打；公孙丑上

公　仲子，你乃读书之人，缘何与齐人争打？

陈　公孙丑，老先生！

　　（唱昆头尾占占子）

　　老伯听启，听我从头说短的：恼恨齐人太无理，他骂我别母离兄那成天理，他太把我相欺。（重句）看来谁是谁无理？

公　（白）齐人，你为何与仲子斗口？

178

齐　公孙丑，老先生！

　　（唱前腔）

　　老伯听启，听我从头说与你：恼恨仲子太无理，他骂我旷妻弃
　　妾哪知人伦，他太把我相欺。（重）看来谁是谁无理？

公　听老汉来劝你们啰！

　　（唱）且自回归，（重）从今休说是与非。请来对礼。

陈　蒙君指引曲山路，

齐　大学中庸仔细观。

公　雨来了！（齐、公同下）

陈　霎时大雨倾盆，学生归家，行大道远而行小道捷，这……便是
　　如何是好？不如行小道而归。咳！圣人有云：宁可湿衣，不可
　　错步。归去兮！归去兮！（下）

评析

　　此剧作为明代杨慎所作。

　　本剧将《孟子》一书中两个寓言中的人物提取出来，根据人物
性格将原来的故事加以改造，敷衍成戏。在《孟子》中，陈仲子是
有名的廉士，取水不与人争，不吃不廉之食，饿得头晕眼花，去看
母亲，母亲怜其瘦杀鹅招待，后仲子知是兄长不义所得，所以哇而
吐之，此剧中改作仲子不忍拂母亲爱子之心，强忍吞下，念及圣人
之言，鹅肉在腹中欲去不能，所以只得在路旁"挖而吐之"。在原著
中，齐人是"墦间乞食以骄妻妾"的无耻之徒，此处改为大块吃肉、
大碗喝酒的粗人，吃得太饱太多，感到胃难受，也在一旁"挖而吐
之"。齐人以为陈仲子在模仿、奚落自己，所以才"拦腰击之"。这
是二人冲突的开始。

　　这出喜剧的形成，建立在双方的喜剧性格上。陈仲子是一食古

179

不化的穷酸书生，处处以圣人之言为依据行事，而齐人是讲话粗俗的蛮横之徒。

齐人怀疑陈仲子学自己吐酒，故拦腰击之；陈仲子见状，心有不满，但不敢与争，只是"行小道而避之"。但陈行小道，齐人"行小道而拦之"；陈行大道，齐人"往大道而截之"。陈仲子抱怨时，恃强凌弱的齐人大言不惭地说"独霸便独霸"。逃跑不行，陈仲子只得硬着头皮面对，齐人讥陈仲子守廉饿得皮包骨头、头晕眼花；陈讥齐人行乞食之事骄妻妾。后者说不过要打，陈仲子又分什么文打和武打，没想到齐人不按圣人规矩出牌，要来个文武混合打，死读书的陈仲子只得乖乖挨打，只求对方拳头放轻些。对方打过，轮到自己打时，称呼对方"齐老先生"，又出拳而不打，处处按照圣贤之书行事，怕齐人"呕血身亡"，待要"用指花挂他一下"，用指甲抓伤，又想到"身体发肤不可损伤"，左也犹豫右也犹豫，最后拿草茎打对方，反被对方认为是奚落，被"一顿乱打"，顾不上有文武之分了。最后有幸被人劝住，大雨倾盆，想走小道又想起圣人之言，虽大雨也缓步而哪。

该剧喜剧效果的营造，就陈仲子而言主要是动机、手段和效果的严重不符。陈仲子既然要打，又怕打伤对方，名义上寻个"军器"，找到的却是一根草茎，且草茎还要掐去上下，只以中段插入对方胡须中。明明懦弱却偏要装英雄，结果被对方视作污辱，遭来一顿狠打。齐人的滑稽则主要通过其语言来体现。他将"布匹"之"匹"与"屁"混为一谈，所以有"放你娘个驴子大布"之说，先前也咬文嚼字，后来说不过便"老爹今天说你不过，我要过打"，全然不要斯文的面具，倒也符合孟子原著中那个乞食于坟墓之间、回家却"骄妻妾"的齐人面目。

本剧语言风趣幽默，一斯文而酸腐，一霸道粗俗，人物一大腹便便，一弯腰曲背。陈仲子在剧中反穿褶子；而齐人在剧中颈正中高悬一只红灯笼，服饰上一黑一白，辅以滑稽可笑的肢体动作，相映成趣。这是其一。其二，不仅人物自《孟子》一书中而来，许多台词也均从"四书"中而来，陈仲子处处称对方"齐老先生"，还要分"文打武打"，迂腐可笑。圣人教导置于双方争打的环境中，不伦不类又食古不化，互文双关，增加了荒诞意味。其三，传统戏曲中，自小说、历史故事、民间传说中所来的人物颇多，而且大多数人物在历史上有名有姓，从虚构的文字中而来的人物极少，将不同故事中的人物拼贴在一起的情况也不多见。此剧叫人想起王国维先生《宋元戏曲史》中所记载的一则滑稽戏演出：

蔡京作宰，弟卞为元枢。卞乃王安石婿，尊崇妇翁。当孔庙释奠时，跻于配享而封舒王。优人设孔子正坐，颜、孟与安石侍侧。孔子命之坐，安石揖孟子居上，孟辞曰："天下达尊，爵居其一，轲近蒙公爵，相公贵为真王，何必谦恭如此。"遂揖颜，曰"回也陋巷匹夫，平生无分毫事业，公为命世真儒，位貌有间，辞之过矣。"安石遂处其上。夫子不能安席，亦避位。安石惶惧拱手，云："不敢。"往复未决。子路在外，情愤不能堪，径趋从礼室，挽公冶长臂而出。公冶为窘迫之状，谢曰："长何罪？"乃责数之曰："汝全不救护丈人，看取别人家女婿。"其意以讥卞也。时方议欲升安石于孟子之上，为此而止。

这则材料中，人物如公冶长、颜回、子路等，均为存在于圣人之书中名字，与王安石、蔡京等并非同时代人，更不曾在任何历史事件中扯上联系，如今将其集于一戏之中，孟子不敢不让，颜回不敢居其上，以讽刺王的只手遮天，这是何等的奇思妙想，为戏曲创作提供了不必据史实、但大胆腾挪的变幻空间。

高甲戏《连升三级·移卷》

〔幕启：考院内帘，深夜。

〔王永光、徐大化又兴奋又疲乏地相邀同上。

王永光、徐大化　（唱）天子重文章，

开科设考场。

你我二考官，

为国选才良。

王永光　（唱）选才良，为国忙，

徐大化　（唱）私底事，也不忘，

王永光、徐大化　（唱）趁此深夜好商量。

王永光　是呀，尚有状元一名，难于定着。

徐大化　不用说，这状元呀，一定要真真是文章魁首，能压榜头，才免引起天下言论。

王永光　也才显得你我二位考官居官清白，尽忠职守！

徐大化　万选擢贤，大公无私！

王永光　正是，正是，不过……

徐大化　不过难就难在这里！

王永光　（思索）……噢！有了。今天第一个交卷的是考生甄玉斋，写了一篇金玉铿锵、掷地有声的大好文章，若是荐他第一，正好折服天下。（检出试卷付徐大化）你看，他开头几笔，

182

就是绝妙。

徐大化 （读卷）"明主嗣统，绍百王之业；圣泽布宇，熙三代之风。敷仁，则万方皆颂德，抡才，允四海无遗珠。……"（拍案）妙！绝妙！妙在他既刻意歌颂新君，又伸手要讨功名，一刀两面，用意深长，真堪荐为状元！

王永光 真堪荐为状元！——英雄所见略同，就此定着。

徐大化 且慢！（从袖里掏出一大迭帖子、函札，认真地翻了再翻）呃？王大人，说句相知话，（低声）这个甄玉斋，为何并无权门引荐？

王永光 （也急从袖里掏出一大迭礼单，认真地翻了再翻）呃？徐大人，说句在行话（低声），这甄玉斋为何我手头也无他的礼单？

徐大化 无势？

王永光 无财？

徐大化 无势，岂有这般便宜！

王永光 无财，断无白送之理！

徐大化 这——

王永光 功名许他孙山外！

徐大化 正该如此！让他名落孙山！——啊，不，不！不可轻率鲁莽。王大人，万一这甄玉斋是权门子弟，豪家亲戚，自恃才华，故意不通关节，他日权贵出面追究，如何是好？

王永光 啊！是，是！如非徐大人深虑所及，险误大事。若是参奏一本，说咱不取真才，贪赃舞弊，如何是好？

徐大化 （寻思得计，向王永光耳语）依我之见，趁此深夜无人知晓，将此人召进密询一番，有势、无势？有财、无财？便知端的。

王永光　有理，有理！（向内）左右！（低声）密召考生甄玉斋来见。

　　　　〔内应声："遵命。"

　　　　〔甄玉斋上。

甄玉斋　哈哈，妙矣哉！文章得心应手，正喜大有神助，又得考官
　　　　大人，星夜破格召见，定有佳音也。正是：

　　　　（念）功名不欺白发新，

　　　　　　　明朝看我簪花人！

　　　　门生甄玉斋诚惶诚恐，拜见恩师大人。

　　　　〔王永光、徐大化抬眼看甄玉斋，均大失所望。

王永光　（低声）咳！衣履不丰，一介寒酸。

徐大化　（低声）哼！穷巷老儒，一望便知。

甄玉斋　（不受理睬，着急）门生甄玉斋拜见恩师大人，既蒙召见，
　　　　定荷教诲。

徐大化　误会，误会，谅系传呼有错。

甄玉斋　（迷惘失措）……有错？

徐大化　考试大典，制例森严，帘内帘外，应该避嫌。

王永舞　正是如此！（挥手示意冷走）

甄玉斋　（竭力争取）门生道守仁义，书读圣贤，虽一生困顿，幸今
　　　　日得沐春风，百拜座前……

徐大化　（讨厌，旁白）哼！你一生困顿，与我阿干？

王永光　（讨厌，旁白）只凭文章，就可致富贵荣华吗？（严厉地）
　　　　回去！

　　　　〔门子突上。

门　子　禀二位大人，有人来叩考院大门。

王永光　胡说，考院重地，且已深夜到场，谁敢打扰，将他驱逐！

徐大化　不，吵闹春闱，该当重办，立送京中衙门，先杖一百

大棍！

门　子　禀大人，叩门的手提——魏王府灯笼。

王永光　魏王？

徐大化　九千岁？

王永光、徐大化　（跳起）哎呀！速速接旨！

　　　　［门子应声下。

厂卫甲　（提灯笼上）奉九千岁谕旨，送一考生……

王永光、徐大化　（等不及听清楚，急跪下）领千岁谕旨。

厂卫甲　考生已在门外……

王永光、徐大化　（糊涂接腔）遵办！遵办！

　　　　［厂卫甲下。

王永光　（慌张万分）迎接！

甄玉斋　（尚要纠缠）恩师大人！……

徐大化　（回头）啊！你还在此地打扰？

王永光　（摆手）回去，回去！门子，赶回号房去！

　　　　［王永光、徐大化急步同下。

　　　　［门子上，甄玉斋被赶，忽迎面有所见，怔住。

甄玉斋　哎呀！魏忠贤引荐的就是他？

门　子　走，走！

　　　　［门子强拉甄玉斋下。

　　　　［王永光、徐大化迎贾福古同上。贾仁随上。

王永光　（趋奉唯恐不及）不知学士光临，失迎，失迎！

贾福古　唔，唔，岂敢！（开门见山）请问今科是什么市价行情？

　　　　［王永光、徐大化惊愕。

王永光　"恃势凌人"？考场乃斯文之地，笃行恭信，怎会"恃势
　　　　凌人"？

185

贾福古 该多少银两，我一文钱也不少你。

　　　　〔王永光、徐大化惊愕无措。

徐大化 银两？……哎，坏了！（低声向王永光）

　　　　（唱）魏王定是闻风声，

王永光 （唱）故遣此人探吾情。

徐大化 王大人，都怪你！都怪你！

　　　　（唱）一向考场作市场，

　　　　　　　金银买卖肆经营！

王永光 （几乎吓坏）这……怎能单怪我一人？

徐大化 （向贾福古）学士此言谅出误会。下官奉旨典试春闱，为国
　　　　选贤，竭智尽忠，奉公守法，怎敢有买卖功名情事！

王永光 绝无此事，本人更绝无此事！

贾福古 （迷惑，低声向贾仁）怪怪！那有猫儿不吃腥的？他们不卖
　　　　功名，我要如何是好？

徐大化 （怀鬼胎，自感恐惧，一再向贾福古强调）学士定能明鉴，
　　　　下官等上报朝廷重命——

王永光 （急接话）下望子孙昌荣。

徐大化 怎敢欺心行事——

王永光 自招天诛地灭！

贾福古 （低声问贾仁）他们是啥意思？

贾　仁 这——大概是大爷相貌不寻常，有威神。

贾福古 哦！我有威神？（睨视王永光、徐大化）

王永光

　　　　……（内心更慌怯，忽想到尚未请贾福古就坐）啊！请坐，
　　　　请上坐。（争着搬椅奉承）

徐大化

贾福古　（大模大样一骨碌坐下，因终夜奔波，顿感疲乏）咳！疲
　　　　倦，疲倦！

王永光　（听错）试卷？试卷有！（急从案头拣一空白试卷，恭敬捧
　　　　至贾福古面前）学士一人试院，就要及锋而试，定下笔扫
　　　　千军！

贾福古　（面对试卷，不晓如何应付）啊？……（终于天真地）我命
　　　　中注定中的，若不，这一卷要卖多少？

徐大化　（大惧，急拉王永光至一旁）喀！王大人你真懵懂，莫怪他
　　　　看见试卷就生气，定是疑心我等要索贿；若是被九千岁得
　　　　知，你我大祸临头。

王永光　哎呀，天地良心！他分明说要试卷，所以我……

徐大化　哼！九千岁交代的人还要考？岂有此理！凭"魏忠贤"三
　　　　个字，就该给他高中，你我做了多年京官，连这点小人情
　　　　也不晓得伺候！

王永光　是，是。我一时糊涂，（自敲额角）该死！

徐大化　让我来。嘻嘻……（胁肩谄笑地走向贾福古）学士深夜光
　　　　临，谅多辛苦，依下官看来，还是及早入内沐浴歇息为是。

贾福古　这？

徐大化　学士一概不用操心，诸事明日妥办。

贾福古　（莫名其妙地点头）唔，唔。

王永光　是，是。（向内）左右，打扫本大人官舍，伺候贵客歇息。

　　　　〔内应声，贾福古侃侃然步下，贾仁正要随后下，徐大化
　　　　用手势招呼他。

徐大化　喂！这位贵管家，敢请教你家学士老爷高姓尊名。

贾　仁　贾——博古。（觑穿王永光、徐大化的心里，跷起大拇指）
　　　　真不二价的贾博古，通州有名的才子！

王永光、徐大化　才子？啊，少年英俊，闻名，闻名！

贾　仁　不错，不错！这次特地要来——夺三元的。

王永光、徐大化　喔！……（震惊相视）

　　　　　〔贾仁大摇大摆下。

徐大化　嗨，嗨！果然派头足，威风凛，口气大，若不是魏王至亲，
　　　　也必是魏王得意门生；我等宁可得罪崇祯皇帝，也不可得
　　　　罪魏王九千岁！

王永光　那该当如何应付？

徐大化　小心，小心，万二分小心！不但要替他写出考卷，还须保
　　　　他名题金榜。

王永光　哈哈！徐大人真是想得周到，就该如此。

徐大化　既该如此，敢问安排什么名次？

王永光　魏王面子大，不可造次，进士一名让他及第。

徐大化　咳！王大人，你总是误事！

　　　　（唱）既知魏王势大须奉承，

　　　　　　　就该荐他高中第一名。

王永光　（唱）三年一个第一名，

　　　　　　　不能卖钱太伤心！

徐大化　银两事小，你我前程事大。王大人呀，此事若是讨得魏王
　　　　欢心——

　　　　　〔晨鸡鸣晓。

徐大化　啊！事忙夜短，天已将明，还是替贾博古做文章要紧。

　　　　　〔二人互相推让后均坐下，苦苦构思，满头大汗，不能下笔。

　　　　　〔晨鸡迭唱。

王永光　唉！天已亮了。徐大人，说句实话，你我久疏文字，一时
　　　　也无什么好笔墨。

188

徐大化 （忽有所悟，掷笔跃起）有，有了！

　　　　（唱）你我枯井汲水枉费心，

　　　　　　　不如甄卷移作贾姓名？

王永光　好计，张冠李戴！

徐大化　偷天换日！

王永光　慢者，且恐不称其才？

徐大化　通州才子，正该中状元！

王永光　哈哈哈！

　　　　[二人得意，挽手同下，临下场伸个懒腰，打个呵欠。

评析

　　《连升三级》系王冬青根据布袋戏剧本改编而成。

　　高甲戏《连升三级》是今人王冬青的作品，此处所选的"移卷"一场，在"冲突"处理上严谨充分，极有特色。

　　在本场中，作者设置了两对相互对照的矛盾冲突，一为二位考官与有真才实学的甄玉斋的矛盾冲突，二为二位考官与不学无术的贾福古的矛盾冲突。在前一对的冲突关系中，考官认可甄玉斋的才学，但因看他形容落魄、无有礼金而心生嫌弃，对其盛气凌人；在后一对关系中，考官虽不知贾博古的学问，但因其有魏王引荐，加之心中有鬼，而卑躬屈膝。在这段戏中，考官仍是这两位考官，却因所接见的人物不同而时软时弱，前后两副面孔。无论哪副面孔，他们都在拿国家名器作为私人交换的筹码，没有承担起一个考官的责任，也给贾福古之流弄虚作假、冒名顶替提供了可能。

　　见甄玉斋与见贾福古是本场两段主要情节，它们一前一后、一正一邪，起着对比作用，但在篇幅上并不对等。考官面见甄玉斋极为精短，考官见甄玉斋是主动，想看看这位不送钱的文章魁首究竟有何后台，仅仅是一见，考官便从来人落魄的衣着中猜出他只是一介寒儒，让其名落孙山也就是意料之中的事。相形之下，考官见贾福古则颇为详细：贾福古不通文墨，出言粗鄙，而心中有鬼的两位考官以为他受魏王所使，来探究舞弊的内情，先是一惊，互相推诿，继而向贾哀告自己"奉公守法"、"为国选贤"；这是第一个层次。贾福古说"疲倦"，二人听作"试卷"，遂订下以功名换取原谅之计；这是第二个层次。二位考官为了巴结讨好魏王，竟然以考官的身份代贾作文；这是第三个层次。只可惜这二位只会贪赃枉法，胸中也无点墨，作文不成移卷李代桃僵；这是第四个层次。贾福古胸无点墨又财大气粗，加之有"神仙"预言，对科场舞弊时有耳闻，所以气势凌人，毫不讳言"市价行情"，二位考官收钱卖官历来是"只可意会、不可言传"，但遇到有魏王府灯笼相送的贾福古节节败退、失去原则和威风，甘心"不卖钱"把状元拱手相送。这四个层次环环相扣，从逻辑推理上是具有说服力的，然而，这四个层次的描写并不均衡。

考官与贾福古冲突的四个层次中，第三和第四个层次是点睛之笔，也是考官行动的高潮——身为考官却代考生做文，这是多么的讽刺和滑稽，而做文不成竟然以他人考卷相替，这是多么的荒诞和可耻。但是，作者对这两个层次的描写却比较简单，令人觉得有未尽之感，似乎缺了点"戏味"。

那么，要不要详细描写这两个层次，以及如何描写呢？如果我们将本场的戏剧冲突与本书其他戏曲片段的冲突进行对比，会发现本剧的冲突从层次上、从冲突双方情势的变化上而言，这个冲突是完整甚至是完美的。但是，这些冲突与其他地方的冲突相比，一是直接，二是显得有些简单，仅仅是冲突，而少了其他剧中根源于冲突、强化渲染冲突的抒情。也即是说，本剧的冲突注意到了外在冲突并处理得颇为完美，但一涉及内心冲突就草草结束了。比如第三个层次即二位考官代贾福古作文章，如果停留在外部动作上，自然只能写到二人"苦苦构思"、"不能下笔"，顶多写到二人互相推让，但若是切入到人物内心冲突，写到他们枉法的提心吊胆、不贪白不贪的不甘、急于讨好魏王的迫切、担心弄巧成拙的迟疑，甚至对甄玉斋的歉意、罪不在己的自我安慰，让二人边歌边舞来完成作文和移花接木之事，那么，人物塑造和戏曲韵味都将获得很大的抒写空间。

作者对细节、人物的塑造也有一定的深度，如考官见甄玉斋衣履不丰、一介寒酸，已经失望和嫌弃，但甄玉斋却以为遇到伯乐而手舞足蹈，陈述自己的困顿希望能获得垂青，却不知堂上之人并不关心他的困顿，更尖锐指出："只凭文章，就可致富贵荣华吗?"恰当地写出试官的麻木和举子的卑微。

川剧灯戏《灵牌谜》(片段)

[哥嫂来至大街上。

哥　走哇!

嫂　走哇!

嫂　(唱)来到街上四处盯。

哥　(唱)除了女人尽是男人。

嫂　(唱)看到包子就想啃。

哥　(唱)没得银子吃不成。

嫂　(唱)耍二哥!

哥　(唱)喊什么?

嫂　(唱)放快性。

哥　(唱)耍二嫂!

嫂　(唱)啥子嘛?

哥　(唱)快去找财神。

嫂　(唱)你在前面走。

哥　(唱)我在后面跟。(合唱)走哇,走哇,走走走!(帮唱)两口
　　　子今天去骗人。

哥　(从怀中掏出竹板,并装跛子)咳咳!(快板)我左脚跛,右脚涮。

嫂　爷爷婆婆行个善。

哥　踹一步,跛一步,

嫂　前面来到棺材铺。

哥　这个棺材硬是好。

嫂　一头大来一头小。

哥　装上活人受不了。

嫂　装上死人——（帮唱）跑不了。

　　（内白）滚开些，你两口子又来骗人来了。

哥　耍二嫂，我们是打了赌的，看来我们走在一路，只怕求不倒（到）吃。

嫂　那咋个办喃?

哥　我们各走各，要得不?

嫂　要得嘛，各走各就各走各，那你——

哥　我走西街。

嫂　好嘛，那我就走东街。

哥　走嘛。

嫂　走哇!（二人下）

爷
　　哈哈哈哈……（击乐声中上，老婆婆脚一滑，老汉扶起）
婆

爷　（唱）老汉我今年六十七，

婆　（唱）老伴我今年六十一。

爷
　　（合唱）老两口勤扒苦做忙四季。
婆

爷　（唱）生活富裕甜如蜜。

婆　（唱）糍粑心肠传乡里，

爷　（唱）乐善好施解危急。

婆　（唱）我买黄豆到东街去，

爷　（唱）我到西街去赶集。

193

爷 婆	（合唱）莫要耽搁快走起，快去快回莫臊皮。
爷	老婆子！
婆	哎！
爷	你要把细点儿啰！
婆	晓得，晓得，老头子！
爷	哎！
婆	你小心点哟！
爷	嗯呐。
爷 婆	走哇！（唱）急急忙忙快些去，

［爷、婆各走一边。音乐声中，耍二哥、耍二嫂假哭上。

爷 婆	（唱）忽听有人哭啼啼，走上前去看仔细，看是哪个惨兮兮？

［耍二哥、耍二嫂各站一边。

爷	才是耍二哥（二嫂）呵！快起来，快起来哟！莫着急，莫着急，慢慢地说嘛。
婆 哥 嫂	张爷爷（婆婆）我的，我的……（泣不成声）
爷 婆	你的啥？
哥 嫂	我的那个她（他）——
爷 婆	他咋个啰？

194

哥
嫂 　她（他）……他（她）都死了！

爷
婆 　你又在骗人啰。他（她）金刚火旺的，得的啥子病死得那么快？

哥
嫂 　张爷爷（婆婆）！你听我说嘛。

嫂 　（唱）不知我走的啥子运？

哥
嫂 　（唱）讨了一个馋女人（嫁了一个懒惰人）。

哥 　（唱）这女人最爱吃凉粉。

嫂 　（唱）他吃汤圆数头名。

爷
婆 　哦，才爱吃香香。

哥
嫂 　（唱）昨天二嫂把客请，上桌他（她）就忙不赢。

哥 　吃大碗还嫌不过瘾。

嫂 　丢了品碗换盆盆。

哥 　闷倒脑壳搂起整，

嫂 　少说吃了四五斤。

爷
婆 　真莫"耸食"！

哥 　（唱）不一会肚子痛得很，席还没散就回家庭，睡在床上直打滚，害得我冷了背梁筋。

嫂

195

爷 婆	快去请大夫呐!
哥 嫂	(唱)只说去把大夫请,哪知她蜷做一团(他挺起肚子)丧残生。
爷 婆	他得的啥子病嘛?
哥	她得的是绞肠痧。
嫂	他是得的胀鼓病。
爷	绞肠痧?
婆	胀鼓病?
哥	(唱)她死不要紧。
嫂	(唱)丢我一人冷清清。
哥 嫂	(唱)本来手头紧,偏偏又死人。
哥 嫂	(唱)不说装棺材,也该穿身新。
爷 婆	倒也是呵!
哥 嫂	张爷爷(婆婆)咧!
哥	(唱)麻绳专从细处断,
嫂	(唱)你说伤心不伤心。
爷	死人发丧的事,也伤惨啊!唉,这是我积攒的一点银子,你快拿回去安排后事吧,你也不要过分伤心啰。(转身欲下)

196

哥

张爷爷（婆婆）！这是有根谷草（这是有个蚂蚁），莫把你老人
家绊（摁）倒了。你老人家慢走呵！慢走呵！慢走呵！

嫂

〔目送老人远去。

哥
（耍银子）嘻嘻（哈哈）。
嫂

〔各自回家，相遇，都将银子藏起来。

哥
噫，你也回来了？快去给老爷（娘）端——噫，你也骗到银子了？
嫂

〔二人欣喜若狂，起歌舞。

哥 （唱）嘻哈哈，笑哈哈，银子到手乐开了花。昨夜彩云降家下，
神仙送来金嫂老鸦。只听叫声呱、呱、呱，下了两坨银疙瘩。
（帮唱）欢喜老鸦把蛋打，谨防银子要搬家。

哥 啥！银子要搬家？你在乱说哟。

嫂 你想要？你想不倒（到）。

嫂 哎，你是嘟个骗到嘛？

哥 你先说嘛。

嫂 你先讲嘛。

哥 你先说嘛。

嫂 那你听我给你说嘛（唢呐代诉）嘻嘻！

哥 （一惊）哎，拐啰！拐啰！

嫂 不拐，银子咋个得到手？

哥 哎呀，我俩骗到一家人了！

嫂 （大惊）呵！？

197

哥

（唱）骗到一家戳大拐，露出马脚咋下台？天上的野鸭不算菜，吃进去怕要吐出来。

嫂

嫂 啷个办？快打主意嘛……

评析

本剧是川北灯戏，原为四川传统剧目，后经过编剧魏育才改编，并于 1992 年更名《耍耍夫妻》。

这出戏是充分利用戏曲时空自由来叙事的典范。在这出戏中，使用了"时空的拼接"、"时空的紧缩"两种时空叙事方法，于时空的转换中实现了情节的集中。

在本折开始，哥嫂各道"走哇"，两个人是从家中来到了街上。按说从家中到街上总要有段时间，并不能转瞬即到，此处的处理即是时空的紧缩，有戏则长无戏则短，有利于情节的精炼和集中。作者通过人物语言的描述，交待了时空的转变。如哥嫂此处对唱，"除了女人尽是男人"，"看到包子就想啃，没得银子吃不成"等，并不是泛泛的街景描述，也是基于人物性格和当下处境的心理刻画，十分恰当。在两人一同乞讨被拒后，两人准备"各走各"，各自下场。

接下来上场的爷和婆的唱词表明，此时舞台时空是二老离家的"路上"，二老相约分手后，合唱"急急忙忙快些去"，各走一边，意味着此时舞台时空一分为二，一边是爷所在的"西街"，一边是婆所在的"东街"。这也是时空紧缩的处理技巧，实现主要情节集中于哥嫂骗人的目的。分别在东街和西街之上，爷、婆二人遇到了哥、嫂二人。此处本剧作者将两个"东街"和"西街"不同的时空并列，把两对人物的对话拼贴在一起，来达成不同凡响的艺术效果。一面是哥哥嫌弃嫂嫂是个馋，吃凉粉撑死了；一面是嫂嫂说哥哥是个懒惰人，吃汤圆撑死了。两个人都在撒谎，在言语中还互相帮忙、互相补充，从理论而言，处于不同时空的人物无法得知他人的话语，更不可能互相搭腔，可呈现在舞台上，两个人谎言却是互为圆谎、互相帮腔。哥说嫂嫂"闷倒脑壳搂起整"，嫂嫂说哥"少说吃了四五斤"，既是各自叙述又互为补充。如果让两人按照时间排序，安排分别骗公和婆的两段情节，说说各自撑死的经过，两者话语的内容难免重复，不容易写出新意。两者并列，在时间和空间中充分集中，"行骗"事件中两人的行为互相对比，言语之间还能互相圆谎，这是荒诞也是辛辣的讽刺，为了骗钱甘愿让对方谎称自己"死了"，充分体现二人好吃懒做，"要钱不要脸"的本质，也为二人回家后发现穿帮不得不同时"装死"的情节做了铺垫。

全剧通过人物肢体和语言的交待实现时空的转变，整出戏虽时空变化多、时空形式丰富，有"家中"、"街上"、"西街"、"东街"之分，但并没有拉幕、开幕，体现了小戏轻便灵活的特点。另外，川北灯戏的语言中积淀了丰富的川北民间方言俗语，通俗质朴而又诙谐风趣。如本剧中哥嫂的"哥、嫂（唱）嘻哈哈，笑哈哈，银子到手乐开了花。昨夜彩云降家下，神仙送来金老鸦。只听叫声呱、呱、呱，下了两坨银疙瘩。（帮唱）欢喜的老鸦把蛋打，谨防银子要搬家"的一段唱即是一例。

赣剧《尼姑思凡》

色　空　（上念引子）

　　　　自幼入空门，朝朝暮暮闷煞人。

　　　（诗）削发为尼实可怜，

　　　　　　青灯一盏伴侬眠。

　　　　　　光阴易过催人老，

　　　　　　辜负青春美少年。

　　小尼赵氏，法名色空，自幼在这仙桃庵内出家，终日烧香拜佛，到晚来孤枕独眠，毫无人生乐趣，虚度大好年华，思想起来好不闷煞人也。

　　　（唱）小尼姑年方二八整，

　　　　　　好时光虚度正青春。

　　　　　　被削去头发花容损，

　　　　　　无奈何少女正多情。

　　思来想去，徒唤奈何，不免佛堂前烧香换水去罢。

　　　［色空烧香换水介。

色　空　记得那日师父罚我跪在佛坛前诵念经文，念得我口干舌燥，十分苦恼。忽听得山门之外传来一阵山歌之声，十分美妙。是我趁着师父瞌睡沉沉，独自一人偷偷地去到山门之外，只见一个年轻的樵哥，他头戴白草帽，脚蹬花草鞋，打扮得十分英俊，口里唱着山歌，迎面走来。他黑溜溜的眼睛看着我，我一刹时脸上热烘烘，心儿扑通通，急急忙忙掩上山门，好叫我无处藏躲无处躲。哎哟哟，那年轻的樵哥呀！

（唱）他把眼睛瞧着咱，

　　　　哎，咱把眼睛瞧着他。

　　　　我又爱又羞又害怕，

　　　　哎呀，又害怕，

　　　　躲进山门脸泛桃花。

　　　　从此以后多牵挂，

　　　　眠思梦想惦着他。

　　　　搁不下来放不下，

　　　　哎呀，放不下。

　　　　哪里去找小冤家。

　　哎呀且住，那樵哥我只见过一面，也不知他姓甚名谁，乃是无法寻找的。何况我有这种念头，被师父知道那还得了，她一定要罚我跪在佛前，口里骂道："色空呀色空，佛说色即是空，空即是色，你竟敢心怀邪念，实实可恼！"哎唷唷，定是三百戒尺，打得我皮开肉绽，叫苦不得呀。也罢，还是将这念头丢在脑后，到东西两厢擂鼓撞钟去罢。

　　（先至东厢擂鼓介。因作幻想，懒洋洋击鼓无力。旋因心情烦躁，移恨及鼓，猛击三响，抛却鼓槌，后至西厢撞钟，表情同前。其后猛撞三响，回至中庭。

色　空　呀！（唱）这心事如何放得下，

　　　　　　　哎，思来想去乱如麻。

　　　　　　　无奈何佛堂前来坐下，

哎呀来坐，

叫我如何不想他。

[念佛经介。旋又心不在焉地幻想，右手执木鱼槌，错打
了正在翻经书的左手。

色　空　哎哟！（唱）打定主意不想他？

哎，无奈心思不在家。

木槌儿照着手背上打，

哎呀手背上打，

教我如何不想他，

[手翻经文，作无可奈何状。

色　空　天哪！（唱）观音心经解不破，

华严经文多又多。

金刚经咒语最难学，

法华佛经又罗嗦，

我不懂这些经咒说什么，

哎呀说什么，

哆哩哆罗般若波罗密陀，

我日日声声阿弥陀，

心里越想越难过。

我念佛经做什么？

叫了一声无奈何！

再叫一声无奈何！

越思越想，反添愁闷。不免到两廊下散步一回，岂不是好。

（看佛像）呀，看这两廊下的罗汉雕塑得多么好笑呀！

（唱）这个罗汉抱膝坐，

他在低声唤着我。

这个罗汉腮儿托

他在心里想着我。

这个罗汉好轻薄，

他色迷迷的眼睛看着我。

这个罗汉笑呵呵，

他爱我如花美娇娥。

降龙的罗汉恼着我，

伏虎的罗汉恨着我。

布袋罗汉讥笑我，

他笑我青春错过，

谁娶我白发婆婆？

长眉罗汉忧愁为我，

他愁我年华蹉跎。

到老来有何结果？

思来想去愁烦可多。

越思越想越难过。

恨只恨这庵堂坑死我，

哎呀坑死我，

怎不叫人心头冒火，

如此看来，我必须自己打定主意，决不能再事蹉跎。趁今日师父众尼都不在庵中，不免逃下山去，找一个如意的哥哥，结为夫妻。男耕女织，成家立业，有何不可也！（唱）

我要把袈裟来扯破，

再不将青春任蹉跎。

我要将庵堂来离却，

不再学罗刹女去降魔。

再不在庵堂空寂寞，

哎呀空寂寞，

离山还俗快乐多。

　　对，我就是这个主意！出得山门，向庵后小道"桃之夭夭"便了。

　　（唱）不信神来鬼不怕，

　　　　　哎，大胆去找个后生家。

　　　　　地狱天堂都是假，

　　　　　哎呀都是假，

　　　　　刀山油锅不怕他。

　　　　　只见苦人受责罚，

　　　　　哎呀受责罚，

　　　　　哪曾见死鬼戴枷。

　　　　　找一个郎君说出知心话，

　　　　　哎呀知心话。

　　　　　笑我羞我都由他。

　　　　　他种田来我纺纱，

　　　　　哎呀我纺纱，

　　　　　情投意合好成家。

　　　　　勤俭相爱不打骂，

　　　　　哎呀不打骂，

　　　　　生下几个小娃娃。

　　　　　哎哟哟，那一群小娃娃哟：

　　（唱）大儿子前面扯，

　　　　　小儿子后面拉。

　　　　　扯的扯，拉的拉，

怀里还抱个女娃娃。

叫他做爸爸，

对我叫妈妈，

这样的好生活真正快乐煞。幸喜逃下山来了。正是：

庵内受尽千般苦，

逃出牢笼幸福多！（下）

评析

本剧系赣剧传统剧目。

在昆剧折子戏《思凡》的文本中，在短暂地交待尼姑身份、感叹"到晚来孤枕难眠"后，文本中的尼姑回忆起和"青年子弟们"的邂逅和眉目传情，并发出"火烧眉毛、且顾眼下"的誓言：

[山坡羊] 小尼姑年方二八，正青春被师父削去了头发。每日里在佛殿上烧香换水，见几个子弟们游戏在山门下，他把眼儿瞧着咱，咱把眼儿觑着他；他与咱，咱共他，两下里多牵挂。冤家，怎能够成就了姻缘，就死在阎王殿前，由他把那碓来舂，锯来解，把磨来挨，放在油锅里去炸。啊呀，由他！则见那活人受罪，那曾见死鬼戴枷。啊呀，由他！"火烧眉毛，且顾眼下。火烧眉毛，且顾眼下。"

一个刚上场就陷入"思春"情绪、一面之缘就"生死与共"的出家人，兼之又是年方二八的姑娘，多少显得有些轻浮和轻率，很难让读者和观众认同其行为、尊重其选择。

相对于昆剧"热闹"的开场，"冤家，怎能够成就了姻缘，就死在阎王殿前，由他把那碓来舂，锯来解，把磨来挨，放在油锅里去炸"的期盼和决心，赣剧开场对尼姑色空的处理显得冷静和低调：

色 空（上念引子）

自幼入空门，朝朝暮暮闷煞人。

昆剧语言尚雅，而赣剧语言尚俗；这和剧种的特点有关。昆剧开场的四句〔诵子〕，而赣剧仅两句〔引子〕，去掉了"昔日有个目连僧，救母亲临地狱门"一类对现代观众十分生僻的典故。"借问灵山多少路，有十万八千有余零"一句借灵山路遥莫致来暗寄色空对"成佛"的怀疑和畏惧，虽然雅致可爱，但对人物当下心境的呈现来说，毕竟隐晦了一些。赣剧直截了当让人物自报"自幼入空门，朝朝暮暮闷煞人"，对人物心境的呈现更清晰和具体。接下来的一段唱：

色　空　（唱）小尼姑年方二八整，

好时光虚度正青春。

被削去头发花容损，

无奈何少女正多情。

思来想去，徒唤奈何，不免佛堂前烧香换水去罢。

在赣剧折子戏《思凡》中，色空开场仅自述"虚度年华"，"闷煞人也"，"被削去头发花容损，无奈何少女正多情"的悒郁不乐，未有只字片语提及"子弟们"，更无"心热如火"、"火烧眉毛、且顾眼下"的躁动。赣剧仅简单地将"青春年少"与"青灯黄卷"，"少女多情"却被"削去头发花容损"进行具体对比，形象地让观众感受到二者之间的荒唐与不合理，并对尼姑的处境产生同情。在一定程度上人物形象得到净化，避免了轻浮和轻率，也让人物有了发展空间——由冷到热，而不是一开场就热，令后续难以为继。

赣剧本把"思念子弟"的情节后移，即到色空心烦去"烧香换水"时，才触景生情，想到前日烧香换水时遇到的"樵哥"。在这里，赣剧本别出心裁地把"青年子弟们"由"多数"变成"少数"，由模糊存在变成具体的"樵哥"，显得色空对男子一见倾心并非仅是两性相吸，从生活经验来看，"樵哥"也是与尼姑出家前"村姑"身份相般配，容易产生生活经验的共鸣，格调上较为健康。

在关于"子弟"的描绘中，昆剧本突出两情相悦、彼此有心："他把眼儿瞧着咱，咱把眼儿觑着他；他与咱，咱共他，两下里多牵挂。"而赣剧本则强调色空"我又爱又羞又害怕"，动作上是"急急忙忙掩上山门，好叫我无处藏躲无处躲"。似此，突出了主人公惊喜交加又思虑重重的思想状态，性格矜持和羞涩，符合单纯幼稚的青春少女的心态，也与出家人的身份相符。即便因景生情思念起"樵哥"，赣剧本也并未马上让色空发出"生死与共"的誓言。相反，内心刚一萌动，老师父的教诲马上浮现：

"何况我有这种念头，被师父知道那还得了，她一定要罚我跪在佛前，口里骂道："色空呀色空，佛说色即是空，空即是色，你竟敢心怀邪念，实实可恼！"哎唷唷，定是三百戒尺，打得我皮开肉绽，叫苦不得呀。"

赣剧让"思念子弟"成为"烧香换水"、"擂鼓撞钟"和"数罗汉"等后续动作的心理依据。"思念子弟"时想起师傅教诲，决定"还是将这念头丢在脑后，到东西两厢擂鼓撞钟去罢"；"擂鼓撞钟"是为了抛却欲念、转移心事；念经时"越思越想，反添愁闷"，是以"不免到两廊下散步一回"……似此，赣剧的主人公一二再、再二三地思想"出轨"，在"出轨"时又不断想办法克制，始而"烧香"，继而"撞钟念经"，再则"回廊散步"——相较于昆剧，赣剧不过多了寥寥数语的交待，却使得文本和人物行动顺畅了许多。

赣剧本将"烧香换水"、"撞钟念经"、"廊下散步"统一纳入"消愁解闷"的框架之内后，这三个行动同为克制欲念，又层层递进，感情的洪流因受到抑制而更加汹涌。"烧香换水"引起对"青年樵哥"的回忆，泛起一点涟漪；欲"撞钟念经"，岂料经文句句可厌，更加烦躁，质疑经文；到"廊下散步"，"数罗汉"神态可笑，对佛的存在也产生质疑……色空思想的反叛越来越强烈，最终无法回头，在临近剧终终于发出鬼神不怕的强烈心声：

色　空　（唱）不信神来鬼不怕，

　　　　　哎，大胆去找个后生家。地狱天堂都是假，

　　　　　哎呀都是假，刀山油锅不怕他。

　　　　　只见苦人受责罚，哎呀受责罚，

　　　　　哪曾见死鬼戴枷。

　　赣剧通过"烧香换水"、"念经"、"数罗汉"等一步步完成人物行动的铺垫，最后才让人物做出"大胆找个后生家"的处理，显得更顺理成章、有头有尾；赣剧折子戏《思凡》的女主人公在自我纠结和冲突中成长，其人物性格较之昆剧更厚重和立体。

梨园戏《节妇吟·断指》(片段)

[颜氏上。

颜　氏　(唱"杜韦娘"过"北青阳")

去时作痴妇,

归来如敝帚。

受辱未敢抢地呼,

自作孽,且自身收。

我是私奔卓氏女,

不遇司马听琴在屏后。

我是春情脉脉步非烟,

却难逢赵象在邻右。

曾道清门守节,

原来轻絮败柳!

天啊!(接唱)

惨惨惨!

我是咎由自取,

掩面难遮羞与丑,

千江水,洗不清满身垢!

颜氏,我今要怎办? 今要怎办?(置灯桌上,倦而假寐)

[梦境: 鼓乐声由远而近, 沈蓉玉带紫袍, 白马金鞭, 前

呼后拥上。

颜　氏　嗳呀！马上新贵人，莫非就是沈先生？

　　　　［内声：“正是新科状元沈蓉大人！”

颜　氏　先生金榜题名了！先生……嗳呀，我好痴呆！当日他拒人千里之外，今朝岂有返来见我之理！

沈　蓉　夫人，学生返来，正要见夫人一面……

颜　氏　先生，你果然返来了……

沈　蓉　富贵不返乡，如锦衣夜行！

颜　氏　既是高中，为么未见泥金书来报？

沈　蓉　哈……手下！

跟　随　在。

沈　蓉　进白银百两过来。

跟　随　是。

沈　蓉　夫人请收起。

颜　氏　嗳呀先生，这是何意？

沈　蓉　昔日曾蒙赠银，聊补无米之炊，今日特来加倍奉还。

颜　氏　啊，先生，你，你……

沈　蓉　夫人毋庸多言，本官公务在身，拨冗而来，已是不易。左右，鸣锣开道！

跟　随　呼。

颜　氏　先生！

　　　　［沈蓉前呼后拥下。

　　　　［颜氏牵衣直追，沈蓉幻影化为陆父梦魂。

梦　魂　贱人啊贱人，状元夫人岂是你做得的！

颜　氏　你，你是谁？

梦　魂　贱人啊，我远游酆都方十年，你就认不得了？

210

颜　氏　你是……

梦　魂　正是你结发丈夫陆生。

颜　氏　哎呀夫主，我夫主！

梦　魂　贱人啊贱人！（唱"玉交枝"）

　　　　我魂在酆都，

　　　　心犹在故庐。

　　　　风朝雨夕，

　　　　每念及亲鲜妻孥。

　　　　你今旦这般行止，

　　　　教我怎不抢地仰天呼?！

颜　氏　呀，夫主！我夫主！（跪下。唱"生地狱"）

　　　　十年相隔霄壤，

　　　　无颜以对语苍黄。

梦　魂　呀呸！你怎有面目见我！

颜　氏　你，你……罢罢了！十载辛酸，此时不诉，更待何时？夫
　　　　主听说！

梦　魂　你还有么话说?

颜　氏　夫主息怒，妾有话上陈！（唱"前腔"）

　　　　自入君家，

　　　　蒙雨露枕席相亲。

　　　　夫唱妇随，

　　　　半载恩泽弥足珍。

　　　　谁知你溘然逝，

　　　　撇下孤寡妾一身；

　　　　姑嫜抱病，亲供药饵，

　　　　高茔埋葬，

是妾曳麻衣、尽人伦。

遗腹子，教共养，

更不分昼夜与昏晨……

梦　魂　这都是实，这话准你。

颜　氏　夫主啊！（唱“前腔”）

你怎知杜鹃啼夜月，

泪湿香罗巾。

你怎知春风蝴蝶梦，

难煞了未亡人。

你怎知青灯荧荧倍伤神，

夜半呼君何频频。

夫主啊，你怎知……（唱）

若无许勒令守寡卓王孙，

怎有那当垆卖酒卓文君？

梦　魂　哎呀，听她这般倾诉，也教我九泉之下，好不伤心！

夫人……

颜　氏　（唱“前腔”）

今旦一失足，

竟成千古恨，

愿随君，酆都去，

妾薄命，等轻尘！

（欲碰壁死）

梦　魂　（急拉住）夫人……

［陆父梦魂隐去。陆郊幻影上。

陆　郊　妈亲！

颜　氏　我儿！

陆　郊　妈亲，千万莫弃儿而去！

颜　氏　我儿，为母怎忍弃儿而去？

陆　郊　妈亲！

颜　氏　我儿！

　　　　〔梦境消失。

评析

　　本剧为新编古代戏，编剧为王仁杰。

　　对于擅长抒情、遗形取神、以线式结构来反映事件的戏曲来说，通过梦境和意识流来撷取情节，从而刻画人物的精神世界，发挥戏曲歌舞的长项，无疑是极为经济的手法。如昆剧《痴梦》、京剧《春闺梦》、昆剧《牡丹亭》中杜丽娘之梦等，均以梦境为纽带来维系情节，扩展了戏曲的表现力。在新编古代戏中，此手法又得到大大发展，如《徐九经升官记》由徐九经内心幻化而出的"私心"和"良心"：

徐九经　（唱）我劝世人莫做官！

　　　　莫做官！（伏案入睡）

　　　　〔隐约传来呼叫声："徐九经——"

徐九经　（唱）朦胧中似有人将我呼唤——

　　　　〔出现幻影甲、乙。

徐九经　你们是谁？

幻影乙
　　　　哈哈，自己不认识自己，我们就是你！
幻影甲

徐九经　什么？你们是我徐九经？

幻影甲　我乃徐九经的良心，

幻影乙　我乃徐九经的私心。

幻影甲　为官不可不讲良心，

幻影乙　为官哪个没有私心？

幻影甲　为官不讲良心，不如猪狗，

幻影乙　为官不讲私心，到处碰头！

幻影甲　凭良心，倩娘应该断给刘枉！

幻影乙　凭私心，顺从王爷，倩娘该姓尤。

幻影甲　倩娘该姓刘！

幻影乙　该姓尤！

"梦境"的妙处在于直写人的精神境界，省却许多冗语，常规的梦境中通常让主人公梦到一事、一段情节，如昆剧《痴梦》中崔氏梦见官差送来凤冠霞帔、京剧《春闺梦》中张氏梦见丈夫归家、昆剧《牡丹亭》中杜丽娘梦见与柳梦梅私会等，均属于一个完整清晰的有头有尾的事件，是人物内心意识的外化。这种处理，梦中事件由于过度清晰和完整，有时也未免失去梦境应有的迷离恍惚、潜意识的丰富与多变。《徐九经升官记》中的"公"、"私"之争，则避开了完整情节描绘，只取了人物内心的一点挣扎，形象化地借"私心"、"良心"表现人物在情与理中的纠结，样式新颖别致，笔墨简练有力。在王仁杰的剧作《节妇吟》中，女主人公的梦境同样忽略了对情节的完整交代，而扣住人物的心理与潜在意识，突出了梦境易醒、多变的特色，有时又不妨梦中有梦。

本场故事发生在守寡的颜氏中夜寂寞难耐，私奔秀才沈蓉遭拒的情节之后。

颜氏初闻"鼓乐声由远而近"，继见"沈蓉玉带紫袍，白马金鞭，前呼后拥上"。在这一片绚烂的色彩中，作者略去其他，只写沈蓉"还银"一举。沈蓉"还银"是因为颜氏"赠银"，颜氏"赠银"是因为中夜难耐起意夜奔……再没有比此举更能刺痛颜氏的了。沈蓉掷下银两扬长而去，待颜氏牵衣直追，则沈蓉幻化为陆父梦魂，斥颜氏不贞；等颜氏羞愧难当，欲碰壁死，陆父魂又幻化为陆郊，提醒她还有抚养幼子的责任。

此处，颜氏受拒回房后惊魂未定、沉沉睡去，于梦中先后见到了沈蓉、亡夫和儿子。这是颜氏内心极度恐惧、悔恨的内心意识外化。在梦境的处理上，作者紧扣住"梦"之似真似幻的特质，写了颜氏的"三梦"。此"三梦"就情节本身，不必有逻辑上的联系，然而从人物心理上分析，却有着不容转换的因果关系。正是因为私奔遭拒，内心惶恐，才会梦见丈夫的责骂；羞愧难当想要自杀，又想到为人母亲的责任，梦见了幼子。在这些场景的变化中，人物内心不啻掀起情感巨澜，情感的洪流受阻、回流，又彼此叠加，具有强悍的冲击力。试想，若无"梦境"这一出，颜氏回房自思自叹、想前想后，想到沈蓉后取得功名自己颜面难存，想到无颜面对泉下故夫，想到若死则幼子无靠，之后再自断两指，虽然情节走向和人物心理并无差别，也是传统戏曲擅长"内心冲突"、"独唱独白"的特色，但未免显得单调而少蕴藉。这三人招之即来、挥之即去的情节，放在现实环境中亦不可能如此迅疾。作者让颜氏梦境中出现曾经追求过的男人、死去的丈夫、负有抚养责任的儿子，从而将梦境变幻多姿、迷离恍惚，空灵而不质实，也形象地呈现了女主人公心中叠加、放大的隐痛。

当然，以情节贯穿"梦境"的优点除了清晰外，因为情节自身有着发展变化，也可以避免冗语和重复。《节妇吟》中的"三梦"既然为"三"，如果用统一的笔调去处理，同样会陷入单调的窠臼。作者在颜氏的沈蓉之梦中，汲取了传统梦境的精华，保留了一个相对完整的故事情节。该梦境中虽然篇幅不多，但能清晰见出一个故事的起承转合：沈蓉归来高中是起，颜氏与之相见是承，沈蓉赠银表明奉还之意是转，沈蓉离开是合……这段情节中有"发现"有"突转"，有颜氏的满心欢喜——以为沈蓉归来是有意与己，也有她希望落空后的绝望。此部分在叙事手段上，以念白和人物外在动作为主，仅仅写了沈蓉还银之举，简洁干脆，符合颜氏羞愧难当、不欲多想多思的心理，也符合沈蓉当年年轻狂傲的形象。颜氏的陆父之梦中，则用唱段来体现。陆父之魂多用白，而颜氏多用唱，哀哀而诉地表达思念的苦痛，抚养幼子的艰辛，失足的悔恨交加，具有强烈的感染力。梦见儿子则较前两者简短，仅仅是：

〔陆父梦魂隐去。陆郊幻影上。

陆　郊　妈亲！

颜　氏　我儿！

陆　郊　妈亲，千万莫弃儿而去！

颜　氏　我儿，为母怎忍弃儿而去？

陆　郊　妈亲！

颜　氏　我儿！

〔梦境消失。

此处深得传统戏曲简短重复的精髓，也显示了作者有才但却不张扬的克制与聪明。因为整个"梦境"的重点是渲染颜氏内心的百般悔恨，而这一心理已经在与丈夫对话的第二部分交代完整，儿子的出现虽然也是抒情的点，但从情节来看，不过是起到让颜氏莫死、为后续情节发展提供可能的作用，所以不宜拉长，否则有碍剧情和主题的。

"梦境"无疑是戏曲塑造人物、发挥时空自由的良策，但同时要看到，"梦境"作为人物内心心理的外化，既然是人物"内心冲突"的变体与复奏，同样需要外在故事情节、戏剧冲突的激发与强化。

216

比如颜氏之梦是因为有沈蓉之拒在前，杜丽娘之梦是因为"思春"至深，徐九经之梦因举棋难下……若无有力的戏剧情境的激励，"梦境"势必牵强而乏味。

后　记

　　本书是作者长期从事《戏曲写作》和《折子戏欣赏》课程教学的结晶，与坊间其他戏曲欣赏书籍相比，本书有以下三个特点：

　　一，其他书目所选，多重在"歌舞演故事"之"歌舞"，所以多从"歌声舞容"、"四功五法"着眼，选取在表演上可圈可点的剧作，多为演员的代表作，其评析也重在表演。本书所选，则重在"歌舞演故事"之"演故事"，选取在利用"歌舞"讲述"故事"，也即叙事上可圈可点之作，是从编剧角度出发。因此，所选不免有他本未见之作——如昆剧《锦蒲团·守岁》，也有虽剧目相同而所选折子不同之作——如昆剧《长生殿·禊游》、京剧《春闺梦》的第四场"送别"；也有虽他本也选、却评述角度不同之作——如昆剧《千忠戮》。凡此所选，不刻意求新，不刻意求异，以平实有据的叙事分析为重，力争提供一座丰富的剧作森林，将戏曲叙事规则从抽象的理论中脱离出来，重新还原到剧作实践中。

　　二，发展当代戏曲，不仅需要向外看，也需要向后看。是以除了传统地方戏外，本书还选取了大量昆剧折子戏。作为明清传奇中的名作，这些作品在古典音乐和语言上或许与今日隔膜，也是今日所无法逾越的，然而其在编剧技巧上的成就，叙事方法上的多样，却是今天我们极应该继承和发扬的。在戏剧性、行动和场面处理上，这些剧作不仅不逊色于当代一些名作，而且有今人尚且未能比肩之处。更难能可贵的是，体现在这些剧作中的编剧技巧并非西方剧作理论的翻版，而是植根于中国古典诗歌叙事和小说叙事传统的"中国化"和"戏曲化"的叙事。回归与发现到此类作品，有助于我们突破西方戏剧叙事的迷障，更好地把握中国叙事特别是戏曲叙事的精髓与魅力。

三，发展当代戏曲，固然需要博采众长，尊重传统，但同时也需要客观的审视与批判的精神。机械否定传统自然不妥，盲从更是大忌。是以本书以"评析"而非"赏析"命名，意在表明检点得失的目的，客观科学的态度。对于书中所选作品，作者在指出叙事上的优点之外，也"不客气"地指出其瑕疵；也对一些流传至今的名剧如京剧《击鼓骂曹》、京剧《四郎探母·坐宫》等叙事技巧上的不足进行了分析。当然，为了让对剧作的批评有理有据，作者所给出的修改建议和方案均参考了现有的剧目，而不是无中生有、坐井观天。名剧已然成名，再改似嫌多余，但笔者认为，此类名剧的成功多归于表演，从编剧角度来看，哪怕仅仅是理论上、纸面上的探讨，也对当下戏曲编剧的发展不无补益。

当然，中华戏曲浩如烟海，此处所选连沧海一粟都谈不上。而且，有些剧目文本如京剧《大闹天宫》、川剧《铁笼山》等简陋之至，其"故事"全在于"表演"中，只看其现有剧本无疑是买椟还珠。笔者认为，其文本记载固然简陋，但看观其演出中演员的表演，还是有着扎实的应该建立在"舞台提示"基础上的文本的。此类剧目对戏曲编剧也很有启发，拟待以后专书论述，此处故不提及。此外，关于所选剧种和剧目源流的介绍，因为它书中多已详述，为避免重复起见，本书中也不加叙及，敬请祈谅。

另，本人才疏学浅，所述无非一家之见，所论中或有不当之处，欢迎各位指教与批评。

刘艳卉

2020 年 8 月

图书在版编目(CIP)数据

戏曲名剧名段编剧技巧评析/刘艳卉著. —上海：
上海人民出版社,2016
ISBN 978 - 7 - 208 - 14005 - 9

Ⅰ. ①戏…　Ⅱ. ①刘…　Ⅲ. ①编剧-研究　Ⅳ.
①I053

中国版本图书馆 CIP 数据核字(2016)第 180780 号

责任编辑　赵蔚华
封面设计　张志全

戏曲名剧名段编剧技巧评析
刘艳卉　著

出　　版　上海人民出版社
　　　　　（200001　上海福建中路 193 号）
发　　行　上海人民出版社发行中心
印　　刷　常熟市新骅印刷有限公司
开　　本　890×1240　1/32
印　　张　7
插　　页　4
字　　数　140,000
版　　次　2016 年 11 月第 1 版
印　　次　2020 年 8 月第 2 次印刷
ISBN 978 - 7 - 208 - 14005 - 9/J・452
定　　价　45.00 元